Tucholsky Wagner Zola Scott Sydow Freud Schlegel
Turgenev Wallace Fonatne
Twain Walther von der Vogelweide Fouqué Friedrich II. von Preußen
Weber Freiligrath
Fechner Weiße Rose von Fallersleben Kant Ernst Frey
Fichte Richthofen Frommel
Engels Fielding Hölderlin
Fehrs Faber Flaubert Eichendorff Tacitus Dumas
Eliasberg Ebner Eschenbach
Feuerbach Maximilian I. von Habsburg Fock Eliot Zweig
Ewald Vergil
Goethe Elisabeth von Österreich London
Mendelssohn Balzac Shakespeare Dostojewski Ganghofer
Lichtenberg Rathenau
Trackl Stevenson Doyle Gjellerup
Mommsen Tolstoi Hambruch
Thoma Lenz Hanrieder Droste-Hülshoff
Dach Verne von Arnim Hägele Hauff Humboldt
Reuter Rousseau Hagen Hauptmann Gautier
Karrillon Garschin
Damaschke Defoe Hebbel Baudelaire
Descartes Hegel Kussmaul Herder
Wolfram von Eschenbach Dickens Schopenhauer
Darwin Melville Grimm Jerome Rilke George
Bronner
Campe Horváth Aristoteles Bebel Proust
Bismarck Vigny Barlach Voltaire Federer Herodot
Gengenbach Heine
Storm Casanova Tersteegen Grillparzer Georgy
Chamberlain Lessing Langbein Gilm
Brentano Lafontaine Gryphius
Strachwitz Claudius Schiller Kralik Iffland Sokrates
Katharina II. von Rußland Bellamy Schilling
Gerstäcker Raabe Gibbon Tschechow
Löns Hesse Hoffmann Gogol Wilde Vulpius
Luther Heym Hofmannsthal Morgenstern Gleim
Roth Heyse Klopstock Klee Hölty Goedicke
Luxemburg Puschkin Homer Kleist
La Roche Horaz Mörike Musil
Machiavelli Kierkegaard Kraft Kraus
Navarra Aurel Musset
Nestroy Marie de France Lamprecht Kind Kirchhoff Hugo Moltke
Laotse Ipsen Liebknecht
Nietzsche Nansen Ringelnatz
Marx Lassalle Gorki Klett Leibniz
von Ossietzky May vom Stein Lawrence Irving
Petalozzi Platon Pückler Knigge
Sachs Poe Michelangelo Kock Kafka
Liebermann Korolenko
de Sade Praetorius Mistral Zetkin

Der Verlag tredition aus Hamburg veröffentlicht in der Reihe **TREDITION CLASSICS** Werke aus mehr als zwei Jahrtausenden. Diese waren zu einem Großteil vergriffen oder nur noch antiquarisch erhältlich.

Symbolfigur für **TREDITION CLASSICS** ist Johannes Gutenberg (1400 — 1468), der Erfinder des Buchdrucks mit Metalllettern und der Druckerpresse.

Mit der Buchreihe **TREDITION CLASSICS** verfolgt tredition das Ziel, tausende Klassiker der Weltliteratur verschiedener Sprachen wieder als gedruckte Bücher aufzulegen – und das weltweit!

Die Buchreihe dient zur Bewahrung der Literatur und Förderung der Kultur. Sie trägt so dazu bei, dass viele tausend Werke nicht in Vergessenheit geraten.

Die Königinnen von Kungahälla

Selma Lagerlöf

Impressum

Autor: Selma Lagerlöf
Übersetzung: Francis Maro
Umschlagkonzept: toepferschumann, Berlin

Verlag: tradition GmbH, Hamburg
ISBN: 978-3-8472-3617-7
Printed in Germany

Text der Originalausgabe

Selma Lagerlöf

Die Königinnen von Kungahälla

Novellen

Selma Lagerlöf

Die Königinnen von Kungahälla

Novellen

Einzige berechtigte Übersetzung aus dem Schwedischen

von

Francis Maro

Zweite Auflage

Albert Langen
Verlag für Litteratur und Kunst
München 1904

Wo einst das große Kungahälla stand ...

Wenn jemand, der von der alten Stadt Kungahälla reden gehört, zu dem Orte am Nordre Ülf käme, wo sie einstmals gelegen war, würde er gewiß höchlichst verwundert sein. Er würde sich fragen, ob Kirchen und Kastelle dahinschmelzen konnten wie Schnee, oder ob die Erde sich aufgetan hatte, um sie zu verschlingen. Er ist an eine Stelle gekommen, wo in früheren Zeiten eine mächtige Stadt stand, und er findet nicht eine Gasse, nicht eine Schiffsbrücke. Er bekommt weder Ruinenhaufen noch leergebrannte Stätten zu sehen, er findet nur einen Herrenhof, umgeben von grünen Bäumen und roten Scheunen. Er sieht nur weite Wiesen und Felder, über die der Pflug jahraus jahrein geht ohne von Grundmauern oder steingepflasterten Höfen behindert zu werden.

Man kann sich ja denken, daß er zu allererst hinab zum Ufer des Ülf gehen wird. Er wird wohl nicht erwarten, dort einige der großen Schiffe zu finden, die zu den Ostseehäfen und dem fernen Spanien fuhren. Aber er wird hoffen, irgend eine Spur der alten Schiffswerften zu sehen, der großen Bootshütten und der Brücken. Er denkt, daß er einen der großen Öfen finden wird, in denen man Salz brannte, er will das ausgetretene Steinpflaster der Straße sehen, die zum Hafen führte. Er fragt nach der deutschen Brücke und nach der schwedischen Brücke, er will die Tränenbrücke sehen, auf der Kungahällas Frauen ihren Männern und Söhnen Lebewohl sagten, wenn diese auf lange Fahrt auszogen. Aber da er hinab zum Ülfstrand kommt, da erblickt er nichts anderes als das wogende Schilf. Er sieht einen holprigen Fahrweg, der hinab zur Fähre geht, er sieht ein paar schwanke Ruderboote und eine kleine platte Fähre, die einen Bauernwagen hinüber nach Hisingen führt. Aber keine großen Fahrzeuge kommen sachte den Fluß hinan, er kann nicht einmal irgendwelche dunkle Schiffswracke unten auf dem Ülfgrunde liegen und vermodern sehen.

Da er nichts Bemerkenswertes unten am Hafen findet, sucht er vielleicht den berühmten Klosterhügel auf. Er könnte wohl Spuren der Palisaden und Wälle sehen wollen, die ihn einst umgaben. Er könnte das hohe Kastell sehen wollen und die langgestreckten Klostergebäude. Er würde sich sagen, daß doch wenigstens einige

Trümmer der herrlichen Kirche erhalten sein müßten, in der das Kreuz verwahrt wurde, das wundertätige Kreuz, das von Jerusalem heimgebracht war. Er denkt an die Menge von Denkmälern, die die heiligen Hügel decken, welche sich über anderen Stätten der Vergangenheit erheben, und sein Herz beginnt in froher Erwartung zu pochen. Aber als er zu dem alten Hügel kommt, der sich über den Ackern erhebt, findet er dort nichts anderes, als einige rauschende Bäume. Er wird dort keine Mauern finden, keine Türme, keine Giebel, von Spitzbogenfenstern durchzogen. Gartenbänke und Stühle wird er unter den Bäumen sehen, doch keinen säulengeschmückten Klosterhof, keine schönbehauenen Grabsteine.

Nun, da er auch hier nichts gefunden, wird er vielleicht beginnen, nach dem alten Königshofe zu fahnden. Er wird an die großen Säle denken, nach denen Kungahälla seinen Namen erhalten hat. Vielleicht könnte doch etwas von dem ellendicken Zimmerholz der Wände übrig sein, oder von den tiefen Kellern unter der großen Halle, wo die norwegischen Könige ihre Gastmähler feierten. Er denkt an des Königsschlosses glattgrünen Hofplan, wo die Könige silberbehufte Fohlen einritten und die Königinnen goldgehörnte Kühe molken. Er muß an das hohe Jungfrauenkämmerlein denken, an das Bräuhaus mit den großen Kesseln, an den großen Bratherd, wo ein halber Ochse auf einmal in den Kochtopf getan wurde und ganze Schweine sich am Spieße drehten. Er denkt an das Gesindehaus und die Falkenkäfige und die Vorratskammern, Gebäude an Gebäude rings um den ganzen Hof, moosbewachsen vom Alter, mit Drachenköpfen geziert. Von einer solchen Menge Bauten muß doch irgend eine Spur übrig sein, denkt er.

Aber als er nach dem alten Königshofe fragt, führt man ihn zu einem Herrenhofsgebäude mit Glasveranda und Wintergarten. Der Hochsitz ist verschwunden, und alle silberbeschlagenen Trinkhörner und alle ochsenhautbezogenen Schilde. Man kann ihm nicht einmal den glatten Hofplatz zeigen mit dem kurzen dichten Gras und den schmalen in dem schwarzen Erdreich ausgetretenen Gehwegen. Er sieht Gartenerdbeerland und Rosenanpflanzungen, er sieht fröhliche Kinder und junge Mädchen, die unter Apfel- und Birnbäumen spielen. Keine Kämpen sieht er, die ringen, keine Ritter, die Federbälle schleudern.

Vielleicht fragt er nach der Eiche auf dem Marktplatze, wo die Könige Thing hielten und die zwölf Urthelsteine errichtet waren. Oder nach der langen Gasse, von der man behauptete, daß sie meilenweit ging! Oder nach den reichen Kaufmannshöfen, die durch dunkle Gäßchen getrennt waren und alle ihre Brücke und ihr Bootshaus unten am Ülf hatten! Oder nach der Marienkirche am Marktplatze, wo die Seefahrer kleine getakelte Schiffe opferten und die Betrübten kleine Herzen aus Silber!

Aber nichts wird man ihm zeigen können. Kühe und Schafe weiden da, wo die lange Gasse sich erstreckte. Roggen und Hafer wächst auf dem Markte, und Ställe und Scheunen erheben sich, wo sich einst die Menschen um lockende Kaufstände drängten.

Sicherlich wird dies ihn sehr betrüben. Ist denn nichts übrig, wird er sagen, hat man denn gar nichts, das man mich sehen lassen kann?

Und er wird vielleicht glauben, daß man ihn betrogen hat. Er wird sagen, daß das große Kungahälla unmöglich hier gelegen haben kann. Es muß an anderer Stelle gewesen sein.

Da wird man ihn hinab zum Ülfstrande führen, und man wird ihm einen grobbehauenen Steinblock zeigen, und wird die silbergrauen Moosflechten herunterscharren, sodaß er sehen kann, daß Figuren in den Stein eingeritzt sind.

Er wird gar nicht verstehen können, was sie vorstellen, sie werden für ihn ebenso undeutbar sein wie die Flecke auf der Mondscheibe. Aber man wird ihm versichern, daß sie ein Schiff und ein Elentier vorstellen und daß sie dort einst eingeritzt wurden zur Erinnerung an die erste Grundlegung der Stadt.

Und da er noch immer nicht begreift, wird man ihm erzählen, was die Felsenzeichnung darstellt.

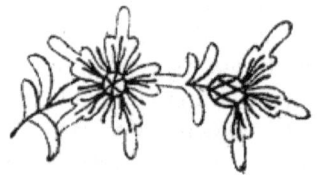

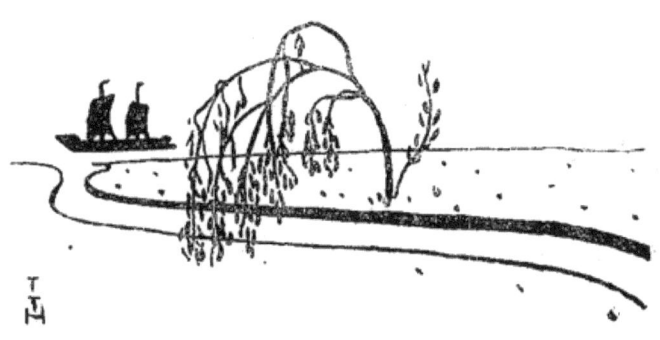

Die Waldkönigin

Markus Antonius Poppius war ein angesehener römischer Kaufmann. Er trieb Handel mit entlegenen Ländern, und vom Hafen in Ostia sandte er wohlausgerüstete Dreiriemer nach Spanien, nach Britannien und auch nach Germaniens Nordküste. Das Glück war ihm günstig, und er sammelte unermeßliche Reichtümer, die er sich freute, seinem einzigen Sohne als Erbteil hinterlassen zu können. Leider hatte dieser Sohn nicht seines Vaters Tüchtigkeit geerbt. Ach, die ganze Welt kennt solche Verhältnisse! Eines reichen Mannes einziger Sohn! Braucht man mehr zu sagen? Es ist stets dasselbe gewesen.

Man könnte glauben, daß die Götter den reichen Männern diese unleidlichen Faulenzer, diese stumpfen, blassen, müden Toren zu Söhnen geben, um den Menschen zu zeigen, welche grenzenlose Narretei es ist, Reichtümer anzusammeln. Wann werden die Menschen ihre Augen öffnen? Wann werden sie anfangen, die Lehren der Götter zu beherzigen?

Der junge Silvius Antonius Poppius war im Alter von zwanzig Jahren so weit, daß er alle Genüsse des Lebens erprobt hatte. Er gab auch gerne zu verstehen, daß er ihrer aller müde war, aber dessenungeachtet merkte man kein Erkalten in dem Eifer, mit dem er ihnen nachjagte. Im Gegenteil wurde er ganz verzweifelt, als ein hartnäckiges wunderliches Mißgeschick, das auf einmal anfing ihn zu verfolgen, störend in sein Genußleben eingriff. Seine numidischen Pferde wurden lahm am Tage vor dem vornehmsten Wettfahren des Jahres, seine unerlaubten Liebesverbindungen wurden entdeckt, sein geschicktester Koch starb am Sumpffieber. Dies war mehr als genug, um eine Sinnesstärke zu brechen, die sich nicht in Mühen und Anstrengung gestählt hatte. Der junge Poppius fühlte sich so unglücklich, daß er beschloß, sich des Lebens zu berauben. Er schien zu glauben, daß er in keiner wirksameren Weise jene Götter des Mißgeschickes prellen konnte, die ihn verfolgten und ihm das Leben zur Qual machten.

Es gibt Unglückliche, die Hand an sich legen, um den Verfolgungen der Menschen zu entfliehen, doch nur ein Tor wie Silvius Antonius kann sich eines solchen Auswegs bedienen wollen, um den

Göttern zu entfliehen. Dies läßt einen an die berühmte Erzählung von dem Manne denken, der vor dem Löwen floh und gerade in seinen aufgerissenen Rachen sprang. Der junge Poppius war allzu weich gesinnt, um einen blutigen Tod zu wählen. Ebensowenig sagte es ihm zu, durch ein qualvolles Gift zu sterben. Nach reiflicher Überlegung beschloß er den sanften Tod in den Wellen. Aber als er hinab zum Tiber kam, um sich zu ertränken, konnte er sich nicht überwinden, seinen Körper dem schmutzigen, schwer dahingleitenden Flußwasser anzuvertrauen. Eine gute Weile stand er unentschlossen und starrte in den Strom. Da ward er von der Zaubermacht ergriffen, die über den Flüssen liegt und träumt. Er empfand das große heilige Sehnen, das diese unruhigen Wanderer der Natur beseelt, er wollte das Meer sehen.

»Ich will in einem klarblauen Meer sterben, das bis hinab zu seinem Grunde von Sonnenlicht durchrieselt wird«, sagte Silvius Antonius. »Mein Leib soll auf einem roten Bett von Korallen ruhen. Die Schaumwellen, die ich emporjage, wenn ich in die Tiefe versinke, sollen schneeweiß und frisch sein, sie sollen nicht den rußbefleckten Schaumblasen gleichen, die hier am Flußrande stehen und zittern.«

Er eilte sogleich heim, ließ einspannen und fuhr hinaus nach Ostia. Er wußte, daß eines von seines Vaters Schiffen segelfertig im Hafen liegen würde. Der junge Poppius trieb seine Pferde zur äußersten Eile an, und es glückte ihm, an Bord zu kommen, gerade als die Anker gelichtet wurden. Es ist leicht zu begreifen, daß er keinerlei Gepäck oder Ausrüstung zu brauchen vermeinte. Er ließ es sich nicht einmal beifallen, den Schiffer zu fragen, wohin er steuerte. Es ging ja auf alle Fälle hinaus ins Meer, und das war genug für ihn.

Es währte auch nicht lange, so erreichte der junge Selbstmörder das, was er wünschte. Der Dreiriemer hatte die Tibermündung hinter sich gelassen, und das Mittelmeer breitete sich vor Silvius Antonius aus, blau, schaumglitzernd und sonnenbeglänzt. Das Meer war so, daß es Silvius Antonius der Behauptung der Poeten Glauben schenken ließ, das wallende Wasser sei nur eine dünne Hülle, die die schönste Welt verberge. Er mußte ihren Worten glauben, daß der, der mutig die Wasserdecke durchdringt, sogleich das Perlenschloß des Meeresgottes erreicht. Der junge Mann beglückwünschte sich, diese Todesart gewählt zu haben. Eigentlich konnte man es nicht so nennen, es war unmöglich zu glauben, daß dieses schöne Wasser töten konnte. Es war nur ein Weg in eine Welt, deren Genüsse nicht trügerisch sein und nicht nur Müdigkeit und Ekel hinterlassen würden.

Mit Mühe nur konnte er seinen Eifer zügeln. Doch das Verdeck rings um ihn war von Seeleuten erfüllt. Selbst Silvius Antonius konnte einsehen, daß, wenn er jetzt ins Meer sprang, die Folge ganz einfach die sein mußte, daß einer von seines Vaters hurtigen Seeleuten sich ins Wasser stürzte und ihn auffischte.

Inzwischen kam der Schiffer, nachdem die Segel gehißt und die Ruderer recht in Fahrt gekommen waren, mit der größten Höflichkeit auf ihn zu.

»Du willst mir also nach Germanien folgen, mein Silvius,« sagte er. »Du erweisest mir eine große Ehre.«

Der junge Poppius erinnerte sich mit einem Male, daß dieser Mann nie von einer Reise heimgekehrt war, ohne ihm als Angebinde irgend einen seltenen Gegenstand aus den Barbarenländern mitzubringen, die er besucht. Er hatte ihm Holzstücke gegeben, aus denen die Wilden Feuer hervorlocken konnten, große Ochsenhörner, die sie als Trinkgefäße benutzt hatten, und ein Halsband aus Bärenzähnen, das eines großen Häuptlings Vorrechtszeichen gewesen war.

Dieser prächtige Mann strahlte vor Befriedigung darüber, seines Herrn Sohn an Bord seines Schiffes zu haben. Er sah es als einen neuen Beweis der Klugheit des alten Poppius an, daß er den Sohn in entlegene Länder sandte und ihn nicht länger unter den trägen jungen Männern umhergehen und Weichlichkeit lernen ließ.

Der junge Poppius riß ihn nicht aus seinem Irrtum. Er fürchtete, daß der Schiffer sogleich mit ihm umkehren würde, wenn er etwas von seiner Absicht verriet.

»Wahrlich, Galenas,« sagte er, »wollte ich dich nur zu gerne auf dieser Reise begleiten; allein ich fürchte, daß ich dich bitten muß, mich in Bajae ans Land zu setzen. Ich habe meinen Entschluß zu spät gefaßt. Hier siehst du mich ohne Gepäck, ohne Geld.«

Aber Galenas beteuerte ihm, daß er um eines so leicht abzuhelfenden Mangels willen nicht von der Reise abzustehen brauche. Befand er sich nicht auf seines Vaters wohlausgerüstetem Schiff? Er brauchte weder warme pelzgefütterte Kleider zu entbehren, wenn das Wetter rauh wurde, noch leichte Gewänder aus syrischen Geweben, so wie Seeleute sie anzulegen pflegen, wenn sie bei gutem Wetter in irgend einem freundlichen Archipel kreuzen.

*

Drei Monate nach der Abfahrt von Ostia ruderte Galenas' Dreiriemer durch eine felsige Inselgruppe. Weder der Schiffer noch irgend jemand aus der Mannschaft wußte genau, wo sie sich befanden, aber sie waren froh, für eine Weile vor den Stürmen geschützt zu sein, die draußen auf dem offenen Meere rasten.

Man hätte wirklich glauben können, Silvius Antonius habe recht mit seiner Behauptung, daß eine Gottheit ihn verfolge. Niemand auf dem Schiffe hatte je eine solche Reise erlebt. Die unglücklichen Seeleute sagten einander, daß sie nicht zwei Tage lang schönes Wetter gehabt, seit sie Ostia verlassen hatten. Der eine Sturm hatte den andern gejagt. Unglaublichen Leiden hatten sie sich unterwerfen müssen. Hunger und Durst hatte sie gequält, während sie Tag und Nacht, ermattet und beinahe krank vor Schlaflust, Ruder und Segel hatten bedienen müssen.

Es erhöhte den Mißmut der Seeleute, daß sie keinen Handel treiben konnten. Wie hätten sie einer Küste nahen sollen, um ihre Waren auf dem Strande auszubreiten und Tauschgeschäfte abzuschließen, bei solchem Wetter! Im Gegenteil, sowie sie eine Küste aus dem hartnäckigen, regenschweren Nebel, der sie umgab, auftauchen sahen, hatten sie hinaus ins Meer steuern müssen, aus Furcht vor ihren schaumumsprühten Klippen. Eines Nachts, als sie auf einer Schäre aufgelaufen waren, hatten sie die halbe Ladung ins Meer werfen müssen. Und an die andere Hälfte wagten sie kaum zu denken; denn war es nicht zu befürchten, daß auch sie gänzlich verdorben sein würde, nach all den Sturzwellen, die das Schiff überflutet hatten?

Aber wenn Galenas und seine Männer gewußt hätten, warum der junge Poppius an Bord gekommen war, würden sie es ganz gewiß bitter beklagt haben, daß er seine Absicht nicht ausführte; denn sie waren alle überzeugt, daß es seine Anwesenheit sei, die dieses Mißgeschick verschuldet hatte. In mancher dunklen Nacht hatte Galenas gefürchtet, die Seeleute würden sich auf den Sohn des Reeders stürzen und ihn ins Meer werfen. Mehr als einer von ihnen erzählte, daß er in den schauerlichen Sturmnächten dunkle Hände gesehen, die sich aus dem Wasser emporreckten und nach dem Schiffe griffen. Und man glaubte kein Loos unter der Schiffsmannschaft werfen zu müssen, um den zu finden, den diese Hände hinab in die Tiefe reißen wollten. Sowohl der Schiffer als die Mannschaft erwiesen Silvius Antonius die große Ehre, zu glauben, daß um seinetwillen all diese Stürme die Luft durchbrausten und das Meer aufpeitschten.

Wenn Silvius Antonius sich in dieser Zeit wie ein Mann betragen, wenn er seinen Teil an der Arbeit und dem Nachdenken auf sich genommen hätte, würde vielleicht einer seiner Begleiter Mitleid für ihn gefaßt haben, als für einen Unglücklichen, der sich den Zorn der Götter zugezogen. Aber der junge Mann hatte es nicht verstanden, ihr Mitgefühl zu erwerben. Er hatte an nichts anderes gedacht, als sich gegen den Wind zu schützen und Pelzwerk und Decken aus der Ladung hervorzusuchen, um sich vor der Kälte zu bewahren.

Doch für den Augenblick waren alle Klagen über seine Gegenwart verstummt. Sowie es dem Sturm gelungen war, den Dreiriemer in die erwähnte Inselgruppe zu treiben, hatte er aufgehört zu rasen. Er betrug sich wie ein Schäferhund, der verstummt und sich Stille hält, sowie er die Herde auf dem rechten Weg heim zum Stalle sieht. Die schweren Wolken rollten vom Himmel fort. Die Sonne schien. Zum erstenmal auf dieser Reise fühlte die Schiffsmannschaft, wie sich das Wohlbehagen des Sommers über die Natur breitete.

Auf diese sturmgejagten Männer wirkte der Sonnenschein und die Wärme fast wie ein Rausch. Anstatt sich nach Ruhe und Schlaf zu sehnen, fühlten sie sich munter wie morgenfrohe Kinder. Die Hoffnung loderte aufs neue in ihnen empor. Sie vermuteten, daß sie ein großes Festland hinter dieser Menge von felsigen Schären finden würden. Sie erwarteten, Menschen zu finden, und, wer konnte wissen! An dieser fremden Küste, die vielleicht noch nie zuvor ein römisches Schiff besucht hatte, würden ihre Waren höchstwahrscheinlich guten Absatz finden. Es würde ihnen vielleicht doch zum Schlusse glücken, einen vorteilhaften Tauschhandel abzuschließen, die Schiffsräume mit großen Häuten von Bären und Elentieren zu füllen, mit großen Mengen von weißem Wachs und goldschimmerndem Bernstein.

Während der Dreiriemer fortfuhr, sich seinen Weg durch die Schären zu suchen, die immer höher wurden und immer reicher an saftigem Grün und Wald, eilte man ihn zu schmücken, auf daß er die Blicke der Barbaren auf sich ziehe. Das Schiff, schon ohne alle Zieraten das schönste aller Menschenwerke, lag bald auf den Wellen, an Fracht mit dem herrlichstbefiederten Vogel wetteifernd. Eben erst sturmgetrieben und verheert, trug es nun auf seinem Maste eine goldene Spitze und herrliche purpurgeränderte Segel. Im Kiel erhob sich ein strahlendes Neptunbild, und im Hintersteven ein Zelt aus vielfarbigen seidenen Tüchern. Und man darf nicht glauben, daß die Seeleute es verabsäumten, die Schiffseiten mit Teppichen zu behängen, deren Fransen auf dem Wasser schleiften, oder die schweren Ruder mit Goldbändern zu umwinden.

Auch behielt das Schiffsvolk nicht die salzgetränkten Kleider an, die es während der Reise getragen, und die in Lumpen zu verwandeln, das Meerwasser und die Stürme ihr Bestes getan. Sie warfen sich in weiße Gewänder, schlangen Purpurschärpen um den Leib und drückten sich blinkende Ringe ins Haar. Selbst Silvius Antonius raffte sich aus seiner Dumpfheit auf. Er sah aus, als ob er sich freute, daß er nun endlich etwas zu tun bekam, worauf er sich verstand. Es ließ sein Haupthaar scheren und seinen ganzen Körper mit duftenden Essenzen einreiben. Dann warf er ein bis zum Boden reichendes Gewand um, befestigte einen Mantel auf seinen Schultern, drückte sich einen breiten Goldreif ins Haar, und aus dem großen Schmuckschrein, den Galenas für ihn öffnete, entnahm er Ringe und Armbänder, eine Halskette und einen goldenen Gürtel. Als er fertig gekleidet war, rollte er die Purpurgardinen des Seidenzeltes zurück und legte sich auf ein niedriges Ruhebett in der Zeltöffnung, um von den Bewohnern der Ufer gesehen zu werden.

Während dieser Zurüstungen war das Schiff durch einen immer engeren und engeren Sund geglitten, und endlich merkten die Seeleute, daß sie in die Mündung eines Flusses geraten waren. Man segelte in Süßwasser. Das Festland breitete sich zu beiden Zeiten des Schiffes aus.

Der Dreiriemer glitt langsam auf dem glitzernden Ülf dahin. Das Wetter war das herrlichste, die ganze Natur strahlend ruhig. Aber wie lieblich ward nicht die große Einsamkeit durch das prachtvolle Kauffahrteischiff belebt!

Auf beiden Ufern des Flusses wuchs hoher, dichter Urwald. Die dunklen Nadelbäume standen bis zum Wasser hinabgedrängt. In seinem ewigen Lauf war es dem Ülf gelungen, die Erde zwischen ihren Wurzeln zu entführen, und noch mehr als durch den Anblick der uralten Bäume wurden die Seeleute durch die nackten Wurzeln, die Riesengliedern ähnelten, ehrfürchtig gestimmt. Hier, dachten sie, wird es dem Menschen niemals glücken, Saat zu bauen, nie wird hier Raum für eine Stadt oder auch nur für ein Landgut bereitet werden können. In meilenweitem Umkreise ist ja der Boden von diesem Netzwerk stahlharter Wurzeln durchwoben. Dies allein ist genug, um des Waldes Macht ewig, unveränderlich zu gestalten.

Den Fluß entlang standen die Bäume so dicht und ihr Astwerk war so ineinander verflochten, daß es feste und undurchdringliche Mauern bildete. Diese Mauern von stechenden Nadeln waren so stark und hoch, daß keine befestigte Stadt sich eine gewaltigere Verschanzung hätte wünschen können.

Aber hier und dort fand sich doch eine Öffnung in der Nadelmauer. Das waren die Mündungen der Pfade, auf denen die Tiere hinab zum Ülf zu kommen pflegten, um zu trinken. Durch diese Öffnungen konnten die Fremdlinge einen Blick in den Wald werfen. Nie hatten sie etwas Ähnliches gesehen. In sonnenloser Dämmerung wuchsen Bäume, deren Stämme mächtiger waren als die Türme an Roms Pforten. Da war ein Gewühl von Bäumen, die miteinander um Luft stritten. Bäume drängten sich und kämpften, Bäume verkümmerten und wurden von anderen Bäumen zu Boden gebeugt. Bäume wurzelten in anderer Bäume Ästen. Bäume stritten und wetteiferten, als wären es Menschen.

Aber wenn Tiere oder Menschen in dieser Baumwelt ihr Wesen trieben, dann mußten sie andere Weisen besitzen, vorzudringen, als die Römer kannten; denn vom Boden bis hinauf zu den Wipfeln war der ganze Wald ein Netzwerk von steifen, starren Zweigen.

Von diesen Zweigen flatterten ellenlange Zipfel grauer Moosflechten herab, die die Bäume in Zauberriesen mit Haar und Bart verwandelten. Aber unter ihnen war der Waldboden mit modernden Stämmen bedeckt, und der Fuß wäre in dem vermorschenden Holz eingesunken wie in schmelzendem Schnee.

Aus dem Walde heraus drang ein Duft, den alle auf dem Schiffe als etwas hold Betäubendes empfanden. Es war der starke Duft von Harz und wildem Honig, der sich mit dem moderigen Geruch von faulenden Stämmen und roten und gelben Riesenpilzen vermischte.

Ohne Zweifel lag in alledem etwas Erschreckendes, aber es war auch erhebend, der Natur in ihrer ganzen Macht zu begegnen, ehe noch Menschen in ihre Gewalt eingegriffen hatten. Es währte nicht lange, so begann einer der Seeleute eine Hymne an den Waldesgott zu summen, und unwillkürlich fiel alle Mannschaft mit demselben Sange ein. Es war nicht mehr so, daß sie erwarteten, Menschen in dieser Waldwelt zu finden. Ihre Herzen wurden von frommen Gedanken aufgelöst, sie dachten an den Waldesgott und seine Nymphen. Sie sagten sich, daß Pan, aus Hellas' Wäldern verscheucht, in den äußersten Norden geflohen war. Mit frommen Gesängen zogen sie in sein Reich ein.

Während jeder Pause im Gesang hörten sie eine stille Musik im Walde. Die Nadeln hoch oben in den Baumwipfeln, die in der Mittagshitze zitterten, spielten und sangen. Immer häufiger hielten die Seeleute im Gesange inne, um zu horchen, ob nicht auch Pans Flöte bald erklingen wollte. Immer langsamer wurde das Schiff von den Rudern dahingetrieben. Die Seeleute spähten hinab ins Wasser, das goldgrün und schwarzviolett unter den Tannen floß. Sie spähten in das hohe Schilf, dessen Blätter in der Strömung bebten und raschelten. Es war eine solche Erwartung über ihnen, daß sie beim Anblick einer irrenden Libelle zusammenzuckten, beim Anblick der weißen Wasserrosen, die in dem schönen Dunkel tief zwischen den Schilfhalmen leuchteten. Und wieder ertönte der Sang: »Pan, du, des Waldes Beherrscher!«

Sie hatten jeden Gedanken an Kauf und Handel aufgegeben. Sie fühlten, daß sie an der Pforte zu den Wohnstätten der Götter standen. Alle irdische Sorge war von ihnen gewichen.

Da mit einem Male an der Mündung einer dieser Tierpfade –

Da stand ein Elenn, ein königliches Tier mit breiter Stirn und einem Wald von Geweihenden.

Auf dem Dreiriemer entstand atemloses Schweigen. Die Ruder, gegen das Wasser gespannt, hemmten die Fahrt, Silvius Antonius erhob sich von seinem Purpurbett.

Aller Augen waren auf den Elennhirsch gerichtet. Man glaubte etwas zu gewahren, das er auf seinem Rücken trug, doch das Waldesdunkel und die herabhängenden Zweige machten es unmöglich, deutlich zu sehen.

Das gewaltige Elenn stand lange und witterte mit erhobener Schnauze gegen den Dreiriemer. Endlich schien er einzusehen, daß es kein feindlicher Gegenstand war, er machte einen Schritt hinab ins Wasser. Noch einen. Hinter den breiten Hörnern schimmerte immer deutlicher etwas Helles, Rosiges hervor. Trug vielleicht das Elenn auf seinem Rücken eine ganze Ernte von wilden Rosen?

Die Schiffsmannschaft machte einige vorsichtige Bewegungen mit den Rudern. Der Dreiriemer kam dem Tiere entgegen. Er glitt gleichsam wie von selbst immer näher an die Schilfkante heran.

Der Elennhirsch schritt sachte hinaus ins Wasser, setzte behutsam den Fuß auf, um nicht in den Wurzeln am Grunde des Ülfs hängen zu bleiben.

Nun sah man deutlich über den Hörnern ein Mädchenantlitz, von hellem Haar umgeben. Der Elenn trug auf seinem Rücken eine jener Nymphen, die man erwartet hatte, die sich naturnotwendig in dieser Urwelt befinden mußten.

Das Volk auf dem Dreiriemer ward von heiliger Verzückung ergriffen. Einer aus ihrer Mitte, der aus Sicilien stammte, entsann sich eines Gesanges, den er in seiner Jugend gesungen, als er auf den blumenreichen Ebenen um Syracusa spielte.

Er begann zu summen.

>>Nymphe, Arethusa genannt, Nymphe,
aus Blumen geboren,
Du, die durch Wälder und Flur wandeltest
mondscheinweiß.<<

Und als die sturmfesten Männer die Worte erfaßten, suchten sie das orkangleiche Brausen ihrer Stimmen zu dämpfen, um zu singen:

>>Nymphe, Arethusa genannt, Nymphe,
aus Blumen geboren.<<

Man lenkte das Schiff immer näher und näher an die Schilfkante. Man wollte nicht darauf achten, daß es schon ein paar Male auf dem Grunde gescharrt hatte.

Aber das junge Waldwesen saß und spielte verstecken hinter dem Geweih des Elennhirsches. Bald verbarg sie sich, bald lugte sie hervor. Sie hielt das Elenn nicht an, sie trieb es weiter hinaus ins Wasser.

Als das hochbeinige Tier ein paar Ellen vorwärts gekommen war, liebkoste sie es, um es aufzuhalten. Sie beugte sich hinab und riß ein paar Wasserrosen ab. Die Männer auf dem Schiffe sahen einander beschämt an. Die Nymphe war also einzig und allein gekommen, um die weißen Teerosen zu pflücken, die sich auf dem Ülfwasser schaukelten, sie war nicht um der römischen Seeleute willen gekommen.

Da zog Silvius Antonius einen Ring vom Finger, stieß einen Ruf aus, der die Nymphe aufblicken ließ und warf ihr den Ring zu.

Sie streckte die Hand vor und fing ihn auf. Ihre Augen begannen zu glänzen. Sie streckte die Hand nach mehr aus. Silvius Antonius warf noch einen Ring. Sie warf mit einem Male die Wasserrosen zurück in den Fluß und trieb den Elennhirsch weiter hinaus ins Wasser. Zuweilen hielt sie ihn, da kam ein Ring von Silvius Antonius und lockte sie vorwärts.

Plötzlich wich alles Zaudern von ihr. Die Farbe auf ihren Wangen stieg. Sie kam dem Schiffe näher, ohne daß man sie zu locken brauchte. Das Elenn ging bis zum Buge im Wasser, sie kam ganz unter den Schiffsbord.

Und da beugten sich die Seeleute über die Brüstung, um der schönen Nymphe an Bord zu helfen, für den Fall, daß sie das Verdeck des Dreiriemers besteigen wollte.

Doch sie sah keinen anderen als Silvius Antonius, der ringgeziert und perlgeschmückt dastand, prächtig wie ein Sonnenaufgang. Und als der junge Römer merkte, daß die Augen der Nymphe auf ihn gewandt waren, beugte er sich weiter vor als jeder andere. Man rief ihm zu, sich zu hüten, nicht festen Fuß zu verlieren und ins Wasser zu stürzen.

Aber diese Warnung war vergeblich. Ungewiß ist es, ob die Nymphe durch einen heftigen Ruck Silvius Antonius an sich zog oder wie es sonst zuging, genug, er war über Bord, ehe jemand daran denken konnte, ihn zu ergreifen.

Doch war keine Gefahr, daß Silvius Antonius ertrank. Die Nymphe streckte ihre rosigen Arme aus und fing ihn auf. Er hatte kaum den Wasserspiegel berührt. Im selben Augenblicke machte ihr Traber kehrt, stürzte durchs Wasser fort und verschwand im Walde. Und laut vernahm man das Lachen der wilden Reiterin, als sie Silvius Antonius entführte.

Galenas und seine Mannen standen einen Augenblick lang schreckgeschlagen. Wie bei einem Unglück zur See warfen etliche die Kleider ab, um ans Land zu schwimmen. Galenas gebot ihnen Halt.

»Zweifelsohne ist dies der Götter Wille«, sagte er. »Um dessentwillen haben sie Silvius Antonius Poppius durch tausend Stürme hin zu diesem unbekannten Lande gejagt. Lasset uns froh sein, daß wir ein Werkzeug ihres Willens waren. Aber lasset uns auch nicht suchen, ihn zu hindern!«

Und die Seeleute nahmen gehorsam ihre Ruder wieder auf und fuhren den Ülf hinan und zu dem taktmäßigen Schlage der Ruder summten sie leise den Sang von Arethusa's Flucht.

*

Wenn man nun diese Erzählung beendet hat, muß ja der Reisende die alte Felsenzeichnung verstehen. Er muß den Elennhirsch mit dem vielverzweigten Geweih sehen können und den Dreiriemer mit den langen Rudern. Man verlangt nicht, daß er Silvius Antonius Poppius sehe und die schöne Urwaldkönigin, denn um sie zu sehen, ist es notwendig, daß man mit den Augen der alten Sagenerzähler sieht.

Und er wird auch verstehen, daß die Felseneinritzung von dem jungen Römer selbst herrührt und daß es sich mit der alten Erzählung ebenso verhält. Silvius Antonius hat sie Wort für Wort seine Nachkommen gelehrt. Er wußte ja, daß es sie freuen würde zu wissen, daß sie von den weltberühmten Römern abstammten.

Aber natürlich braucht der Fremde nicht zu glauben, daß eine von Pans Nymphen an diesem Flußufer gewandelt. Er kann ja begreifen, daß ein wilder Menschenstamm im Urwalde umherzog und daß des großen Elennhirsches Reiterin die Tochter des Königs war, der diese armen Menschen beherrschte. Und daß das Mädchen, als sie Silvius Antonius entführte, nur seinen Schmuck an sich reißen wollte! Und daß sie gar nicht an Silvius Antonius selbst dachte, sie wußte wohl kaum, ob er ein Mensch war wie sie!

Und der Reisende kann ja verstehen, daß Silvius Antonius' Name nicht noch heute an diesen Ufern in Erinnerung wäre, wenn er immer fortgefahren hätte, derselbe Tor zu sein. Er kann hören, wie der junge Römer durch das Unglück und die Not erhoben wurde und daß er, nachdem er der verachtete Sklave der Wilden gewesen, ihr König ward. Er war es, der auf den Urwald mit Feuer und Stahl losging. Er errichtete den ersten festgezimmerten Hof. Er baute Schiffe und säte Saat. Er legte den Grund zu der Herrlichkeit des großen Kungahälla.

Und wenn der Reisende dies hört, wird er mit froheren Blicken über die Fluren sehen, als früher. Denn obgleich der Stadtgrund sich in Felder und Wiesen verwandelt hat, und der Ülf leer an Seglern ist, ist es doch dieser Boden, der ihn Bilder aus dem Verflossenen sehen und ihn die Luft der Träume atmen ließ.

Sigrid Storråda

Es war einmal ein schöner Frühling. Und das war gerade der Frühling, in dem die schwedische Königin Sigrid Storråda in Kungahälla mit dem norwegischen König Olaf Tryggvason zusammentreffen sollte, um mit ihm über ihre Heirat zu beschließen.

Es war ganz wunderlich, daß König Olaf Königin Sigrid besitzen wollte, denn freilich war sie reich, schön und hochgesinnt, aber sie war die ärgste Heidin, während König Olaf Christ war und nichts anderes im Sinne hatte, als Kirchen zu bauen und die Menschen zu zwingen, sich taufen zu lassen. Aber vielleicht dachte er, daß der Herr, Gott in der Höh', sie bekehren würde.

Doch noch wunderlicher war es, daß, als Storråda König Olafs Sendboten kundgetan hatte, daß sie nach Kungahälla segeln wollte, sobald das Meer eisfrei war, der Frühling sogleich seinen Anfang nahm. Alle Kälte und aller Schnee floh dahin, gerade wenn es sonst strenger Winter zu sein pflegt.

Und als Storråda davon sprach, daß sie anfangen wollte, ihre Schiffe auszurüsten, verschwand das Eis aus den Fjorden, die Wiesen begannen zu grünen, und obgleich es noch lange vor Mariä Verkündigung war, konnte das Vieh hinaus auf die Weide getrieben werden.

Als die Königin zwischen den Ostgotlandsinseln hinaus in die Ostsee ruderte, saßen Kuckucke auf den Klippen und riefen, obschon es noch so früh war, daß man kaum hoffen konnte, eine Lerche zu hören.

Und wo Storråda vorbeizog, war große Freude. All die Riesen, die unter König Olafs Regierung aus Norwegen hatten fliehen müssen, weil sie das Geläute der Kirchenglocken nicht hören konnten, kamen hinauf auf die Bergspitzen, als sie Storråda vorübersegeln sahen. Sie rissen junge Laubbäume mit der Wurzel aus und winkten mit ihnen der Königin zu, und als sie in ihre Steinhütten gingen, wo ihre Frauen in Sehnsucht und Kummer saßen, lachten sie und sagten:

»Nun, Weib, sollst du nicht mehr betrübt sein. Nun fährt Storråda zu König Olaf. Nun können wir bald wieder nach Norwegen kommen.«

Als die Königin am Kullaberg vorbeisegelte, kam der Kullamann aus seiner Berghöhle. Und er ließ den schwarzen Berg sich auftun, so daß sie sah, wie die Gold- und Silberadern dort drinnen liefen, und sie ergötzte sich an seinem Reichtum.

Als Storråda an den Hallandsflüssen vorbeifuhr, schwamm der Nöck seine Fälle und Gießbäche hinab und kam bis zu der Flußmündung und spielte auf seiner Harfe, so daß die Schiffe auf den Wellen tanzten.

Als sie an der Nidingerschäre vorüber segelte, da lagen die Meerfrauen da und bliesen in Muscheln, so daß das Wasser in hohen Schaumpfeilern emporspritzte.

Aber als Gegenwind blies, kamen häßliche Trolle aus der Tiefe und halfen Storrådas Schiff über die Wellen. Einige lagen am Steuer und schoben zu, andere nahmen Seile aus Seegras in den Mund und spannten sich vor das Schiff wie Pferde.

Die wildesten Wikinger, die König Olaf im Lande nicht dulden wollte um ihrer Arglist willen, kamen zum Schiff der Königin herangerudert, mit herabgezogenen Segeln und erhobenen Enterhaken, um Streit zu beginnen. Aber als sie die Königin erkannten, ließen sie sie unversehrt weiterfahren und riefen ihr nach: »Wir trinken einen Becher für deine Hochzeit, Storråda.«

Alle Heiden, die der Küste entlang hausten, legten Holz auf ihre Steinaltäre und opferten den alten Göttern Schafe und Ziegen, damit sie Storråda beistehen sollten auf ihrer Fahrt zu dem norwegischen König.

Als die Königin den Nordre Ülf hinaufsegelte, kam die Seejungfer an das Schiff geschwommen, streckte ihren weißen Arm aus der Tiefe empor und reichte ihr eine große klare Perle. »Trage sie, Storråda,« sagte sie, »auf daß König Olaf bezaubert werde von deiner Schönheit, und deiner niemals vergessen kann.«

Als die Königin den Fluß eine kleine Strecke hinaufgefahren war, hörte sie ein starkes Brausen und Tosen, so daß sie vermeinte, sie kämen an einen Wasserfall. Je weiter die Königin kam, desto mehr nahm das Lärmen zu, und sie glaubte schließlich, sie würde mitten in eine große Schlacht kommen.

Aber als die Königin an der Gullinsel vorbeiruderte und in eine breite Bucht einbog, sah sie das große Kungahälla am Flußufer liegen.

Die Stadt war so groß, daß, so weit sie auch den Fluß hinaufsah, immer noch Hof an Hof lag. Alle waren sie ansehnlich und wohlgezimmert mit vielen Nebengebäuden; schmale Gäßchen liefen zwischen den grauen Holzwänden hinab zum Flusse, breite Höfe öffneten sich vor den Häusern, festgestampfte Wege führten von jedem Hause hinab zu seiner Bootshütte und Brücke.

Storråda befahl ihren Ruderern, die Ruder langsam zu heben. Sie stand hoch im Hintersteven des Schiffes und sah zum Strande. »Nie habe ich etwas ähnliches gesehen,« sagte sie.

Nun begriff sie, daß das starke Getöse, welches sie gehört, einzig und allein von all der Arbeit kam, die in Kungahälla im Frühling vor sich ging, wo die Schiffe ihre langen Fahrten antraten. Sie hörte Schmiede mit schweren Schlägeln hämmern, die Teigwalker klapperten in der Backstube, Zimmerholzplanken wurden geräuschvoll auf schwere Prame geladen, junge Burschen entrindeten Mastbäume und hobelten breite Ruderblätter.

Manchen grünen Hof sah sie, wo Mägdlein saßen und Seile für die Seefahrenden drehten, wo alte Männer mit der Nadel in der Hand hockten und in graue Friessegel Lappen einsetzten.

Sie sah Bootsbauer die neuen Boote teeren. Nägel wurden in starke Eichenplanken geschlagen. Aus den Bootshütten wurden Schiffe geschoben, um verdichtet zu werden. Alte Fahrzeuge wurden mit neugemalten Drachenbildern geschmückt. Waren wurden aufgestapelt, Leute sagten hastig Lebewohl, schwer bepackte Schiffskisten wurden an Bord getragen.

Schiffe, die schon fertig waren, stießen vom Lande ab. Storråda sah, daß diejenigen, welche den Fluß hinauf ruderten, schwere Ladungen von Häringen und Salz mit sich führten, doch die, die nach Westen dem offenen Meere zusteuerten, waren hoch bis zu den Masten mit kostbarem Eichenholz, Häuten und Fellen beladen.

Als die Königin all dieses sah, lachte sie vor Freude. Sie sagte, daß sie gerne König Olafs Gemahl sein wollte, um über solch eine Stadt zu herrschen.

Storråda ruderte zur Brücke des Königshofes. Da stand König Olaf zu ihrem Empfange, und als sie ihm entgegentrat, da dünkte sie ihm die Schönste, die er je geschaut.

Sie gingen selbander hinauf zum Königshof, und zwischen ihnen beiden war große Eintracht und Freundschaft. Und als sie sich zu Tische setzen sollten, lachte und scherzte Storråda mit dem König die ganze Zeit, während der Bischof das Tischgebet las, und der König lachte und sprach auch, da er sah, daß es Storråda so gefiel.

Als sie die Mahlzeit beendigt hatten und alle die Hände falteten, um dem Gebete des Bischofs zu lauschen, begann Storråda dem König von ihren Reichtümern zu erzählen. Sie fuhr damit fort, solange das Tischgebet währte. Und der König hörte auf Storråda, aber nicht auf den Bischof.

Der König setzte Storråda auf den Hochsitz, und er selbst ruhte zu ihren Füßen, und Storråda erzählte ihm, wie sie zwei Unterkönige, die es wagten, um sie zu freien, hatte einschließen und verbrennen lassen. Und der König freute sich und dachte, so sollte es allen Unterkönigen ergehen, die es wagten, um ein solches Weib wie Storråda zu freien.

Als es zur Vesper läutete, erhob sich der König, um nach seiner Gepflogenheit zur Marienkirche zu gehen und dort zu beten. Aber da rief Storråda ihren Skalden vor, und er sang das Lied von Brünhild, die Sigurd Fafnisbane töten ließ. Und König Olaf ging nicht in die Kirche, sondern saß da und betrachtete Storrådas mächtige Augen und sah, wie dicht die schwarzen Augenbrauen sich abzeichneten. Da begriff er, daß Storråda Brünhild war und daß sie ihn töten würde, wenn er ungetreu war. Er dachte auch, daß sie das Weib war, sich zusammen mit ihm auf einem Scheiterhaufen verbrennen zu lassen. Während in der Marienkirche zu Kungahälla die Priester die Messe lasen und beteten, saß König Olaf und dachte, daß er wohl nach Walhall reiten wollte, mit Storråda vor sich auf dem Pferde.

Nachts hatte der Fährmann am Ülfhügel, der die Leute in seinem Nachen über den Götaülf führte, mehr zu tun, denn je zuvor. Einmal ums andere wurde er hinüber zum andern Ufer gerufen, aber wenn er hinkam, war nie jemand zu sehen. Doch hörte er Schritte rings um sich, und das Boot wurde so voll, daß es beinahe untersank. Er fuhr die ganze Nacht hin und her und wußte nicht, was das bedeuten sollte. Aber am Morgen war der Sand am Flußufer voll kleiner Fußstapfen, und in den Fußstapfen fand der Fährmann kleine welke Blätter, die, als er sie näher betrachtete, sich als eitel Gold erwiesen. Da wurde es ihm klar, daß all die Kobolde und Heinzelmännchen, die um des Christentums willen aus Norwegen geflohen waren, nun wiederkehrten.

Aber der Riese, der im Fontinsberge östlich von Kungahälla hauste, nahm große Steinblöcke und warf Block um Block gegen den Turm der Marienkirche, solange die Nacht währte. Wäre der Riese nicht so stark gewesen, daß alle seine Steine über den Fluß gingen und weit weg in Hisingen niederfielen, hätte ein großer Schaden daraus entstehen können.

König Olaf hatte die Gepflogenheit, jeden Morgen zur Messe zu gehen, aber an dem Tage, an dem Storråda in Kungahälla war, meinte er keine Zeit dazu zu haben. Sowie er aufgestanden war, wollte er sogleich hinab zum Hafen gehen, wo sie auf ihrem Schiffe wohnte, um sie zu fragen, ob sie am Abend ihr Verlöbnis mit ihm feiern wolle.

Der Bischof hatte den ganzen Morgen über die Glocken in der Marienkirche läuten lassen, und als der König aus dem Königshof trat und über den Markt ging, da wurden die Kirchentüren weit geöffnet, und lieblicher Gesang strömte ihm entgegen. Aber der König ging weiter, als hätte er nichts gehört. Da ließ der Bischof die Glocken innehalten, der Gesang hörte auf, und die Lichter erloschen.

Das kam so plötzlich, daß der König einen Augenblick stehen blieb und zurück zur Kirche hinauf sah. Es dünkte ihn, daß die Kirche unansehnlicher war, als er je zuvor gemerkt hatte. Sie war niedriger als andere Häuser in der Stadt, das Torfdach lag schwer über den fensterlosen Wänden, das Tor war niedrig und dunkel, mit einem kleinen Schutzdach aus Tannenrinde.

Wie der König so stand, kam eine junge, zarte Frau aus der dunklen Kirchentüre. Sie war in einen roten Rock und einen blauen Mantel gekleidet und trug ein blondgelocktes Kind auf dem Arm. Ihre Tracht war dürftig, aber der König dachte, daß sie wie die edelstgeborene Frau aussah, der er je begegnet. Sie war hoch und von schöner Gestalt, und sie hatte ein holdseliges Antlitz. Der König sah mit großer Rührung, wie die junge Frau ihr Kind an sich drückte und es mit solcher Liebe trug, als hätte sie nichts anderes Liebes und Köstliches auf der Welt.

Als die Frau in das Tor gekommen war, wandte sie das holde Antlitz und sah zurück in die dämmerige arme Kirche, mit großer Sehnsucht im Blicke. Als sie sich dann wieder zum Marktplatz wandte, hatte sie Tränen in den Augen.

Aber als sie über die Schwelle gehen sollte, hinaus auf den Marktplatz, da verließ sie der Mut. Sie stützte sich an den Türpfosten und sah auf das Kind mit solcher Angst, als wollte sie sagen: »Wo, wo in der ganzen weiten Welt sollen nun wir beide ein Dach über unserem Haupte haben?«

Der König stand noch immer unbeweglich und betrachtete die Heimatlose. Was ihn am meisten rührte, war, daß er sah, wie das Kind, das ganz sorglos in ihren Armen saß, eine Blume zu ihrem Gesicht emporstreckte, um ihr ein Lächeln zu entlocken. Und da sah er, daß sie die Sorge aus ihren Gesichtszügen zu verscheuchen suchte und dem Sohne zulächelte.

»Wer ist diese Frau«, dachte der König, »es dünkt mich, daß ich sie schon zuvor gesehen habe. Zweifelsohne ist sie eine hochgeborene Frau, die in Not geraten ist.«

So eilig der König es auch hatte, zu Storråda zu kommen, konnte er doch seine Augen nicht von der Frau abwenden. Er mußte nur immer nachdenken, wo er schon früher so milde Augen gesehen hatte und ein so lieblich geformtes Antlitz.

Noch immer stand die Frau in der Kirchentüre, als könnte sie sich nicht von dort losreißen. Da ging der König auf sie zu und fragte: »Warum bist du so betrübt?«

»Ich bin aus meinem Heim vertrieben«, sagte die Frau und wies hinein in das kleine dunkle Kirchlein.

Der König dachte, daß sie meinte, sie hätte sich in der Kirche aufgehalten, weil sie keine andere Wohnstätte ihr eigen nannte. Er fragte weiter: »Wer hat dich vertrieben?«

Da sah sie ihn mit unsäglicher Betrübnis an. »Weißt du es nicht?« fragte sie.

Aber da wandte sich der König von ihr ab. Er hatte keine Zeit, wollte es ihn bedünken, hier zu stehen und Rätsel zu raten. Es hatte den Anschein, als meinte die Frau, er hätte sie vertrieben. Er konnte nicht begreifen, worauf sie hinzielte.

Der König ging rasch weiter. Er kam hinab zur Königsbrücke, wo Storrådas Schiffe verankert lagen. Unten am Hafen begegnete er den Dienern der Königin, die alle Goldstreifen an den Gewändern hatten und Silberhelme auf dem Haupte.

Storråda stand hoch auf dem Schiffe und blickte hinaus über Kungahälla und freute sich an seiner Macht und seinem Reichtum. Sie stand da und sah auf die Stadt hinab, als betrachtete sie sich schon als ihre Königin.

Aber als der König Storråda sah, dachte er sogleich an die holde Frau, die arm und elend aus der Kirche gekommen war. Was ist das, dachte er, ich meine, daß sie mich schöner dünkt als Storråda.

Als Storråda ihm nun zulächelte, mußte er daran denken, wie die Tränen in den Augen der anderen Frau geglänzt hatten.

König Olaf hatte das Antlitz der Fremden so in Gedanken vor sich, daß er Storrådas Gesicht Zug um Zug damit vergleichen mußte, und als er so verglich, da verschwand alle Schönheit Storrådas.

Er sah, daß Storrådas Augen grausam waren und ihr Mund wollüstig. In jedem Zuge ihres Gesichtes spürte er eine Sünde.

Er sah wohl noch immer, daß sie schön war, doch er fand kein Gefallen mehr an ihrem Anblick. Er begann sie zu verabscheuen, als wäre sie eine glänzende Giftschlange.

Als die Königin den König kommen sah, zog ein siegesstolzes Lächeln über ihre Lippen.

»Ich habe dich nicht so zeitig erwartet, König Olaf«, sagte sie. »Ich glaubte, du würdest in der Messe sein.«

Da überkam dem König die Lust, Storråda zu reizen und alles zu tun, was sie nicht wollte.

»Die Messe hat noch nicht begonnen«, sagte er. »Ich komme, um dich zu bitten, daß du mich in das Haus meines Gottes begleitest.« Als der König dieses sagte, sah er, daß in Storrådas Augen ein stechendes Leuchten kam, aber sie lächelte noch immer.

»Komm lieber hieher auf das Schiff«, sagte sie. »Ich will dir die Angebinde zeigen, die ich für dich mitgebracht habe.«

Sie nahm ein goldenes Schwert auf, wie um ihn zu locken, aber der König vermeinte noch immer die andere Frau neben ihr zu sehen. Und es dünkte ihm, daß Storråda unter ihren Schätzen stand wie ein abscheulicher Drache.

»Ich will zuerst wissen,« sagte der König, »ob du mit mir in die Kirche gehen willst.«

»Was sollte ich in deiner Kirche?« fragte sie und sah spöttisch aus.

Da merkte sie, daß des Königs Augenbrauen sich zusammenzogen, und sie begriff, daß er nicht desselben Sinnes war, wie am vorhergehenden Tage. Sie änderte sogleich ihr Betragen und wurde milde und versöhnlich.

»Geh du in die Kirche, soviel dein Sinn, begehrt,« sagte sie, »wenn auch ich nicht gehe. Um dessentwillen braucht kein Unfrieden zwischen uns zu entstehen.« Die Königin stieg von dem Schiffe herab und kam auf den König zu. Sie hielt in der Hand ein Schwert und einen pelzverbrämten Mantel, den sie ihm zum Angebinde geben wollte.

Gerade in demselben Augenblick sah der König zufällig nach dem Hafen. In weiter Ferne sah er die andere Frau herankommen. Sie ging gebeugt, mit müden Schritten, noch immer mit dem Kinde auf dem Arm.

»Was ist es, wonach du so eifrig aussiehst, König Olaf?« fragte Storråda.

Da wandte sich die andere Frau um und blickte den König an, und wie sie ihn anblickte, glaubte er zu sehen, daß über ihrem Haupte und dem des Kindes zwei goldene Lichtringe aufstammten, schöner als alles Geschmeide von Königen und Königinnen. Aber gleich darauf schritt sie wieder der Stadt zu, und er sah sie nicht mehr.

»Was ist es, wonach du so eifrig siehst, König Olaf?« fragte Storråda noch einmal.

Aber als König Olaf sich der Königin zuwandte, da sah er sie alt und häßlich, von aller Arglist und Sünde der Welt umgeben, und er erschrak darüber, daß er in ihre Netze hätte fallen können.

Er hatte den Handschuh abgestreift, um ihr die Hand zu reichen. Aber nun nahm er den Handschuh und schlug ihn ihr ins Gesicht. »Was soll ich mit dir, du alte heidnische Hexe?« sagte er.

Da fuhr Storråda drei Schritte zurück. Aber sie faßte sich rasch und antwortete: »Dieser Schlag wird dein Fluch werden, Olaf Tryggvason.«

Und sie war bleich wie die Hölle, als sie sich von ihm abwandte und das Schiff bestieg.

*

In der nächsten Nacht träumte König Olaf einen seltsamen Traum.

Was er vor sich sah, war nicht die Erde, sondern der Meeresgrund. Es war ein grünlichgelber Boden, über dem das Wasser viele Ellen hoch stand. Er sah Fische nach Raub schwimmen, Schiffe sah er oben auf dem Wasserspiegel wie dunkle Wolken vorbeigleiten, und die Sonnenscheibe sah er matt blinken wie einen bleichen Mond.

Da kam die Frau, die er in der Kirchentüre gesehen, unten auf dem Meeresgrunde gegangen. Sie hatte dieselbe geneigte Haltung und dieselben abgetragenen Kleider, wie als er ihr zuletzt begegnet war, und ihr Gesicht war noch immer voll Kummer.

Aber wie sie auf dem Meeresgrunde ging, teilte sich das Wasser vor ihr. Er sah, wie es, gleichsam von unsäglicher Ehrfurcht getrieben, sich zu einer Wölbung erhob und zu Pfeilern zusammenschloß, so daß sie wie durch den herrlichsten Tempelsaal ging.

Plötzlich sah der König, daß das Wasser, welches sich über der Frau erhob, anfing, die Farbe zu ändern. Die Säulen und Gewölbe wurden zuerst hellrot, aber nahmen rasch eine immer tiefere Färbung an. Das ganze Meer ringsum war auch rot, als wäre es in Blut verwandelt worden.

Auf dem Meeresgrunde, über den die Frau schritt, sah der König zerbrochene Schwerter und Pfeile, gesprungene Bogen und Lanzen. Zuerst waren ihrer nicht viele, aber je weiter sie in das rote Wasser wanderte, desto dichter lagen sie gehäuft.

Der König sah bebend, wie die Frau vom rechten Wege abwich, um nicht auf einen toten Mann zu treten, der auf dem grünen Tangbett ausgestreckt lag. Der Mann trug einen Harnisch, er hatte ein Schwert in der Hand und eine tiefe Wunde im Kopfe.

Dem König schien es, daß die Frau die Augen schloß, um nichts zu sehen. Sie strebte einem bestimmten Ziele zu, sonder Zögern und Angst. Aber er, der träumte, konnte die Augen nicht abwenden.

Er sah den ganzen Meeresgrund mit Trümmern übersäet. Er sah schwere Schiffsanker, dicke Seile krümmten sich wie Schlangen, Schiffe lagen da mit geborstenem Bugspriet, die goldenen Drachenköpfe, die den Steven geziert hatten, blickten ihn aus roten, drohenden Augen an.

»Ich möchte wohl wissen, wer hier eine Schlacht zur See gekämpft und all dies der Vergänglichkeit zum Raube gelassen hat,« dachte der Träumende.

Überall sah er Tote, sie hingen über die Schiffsgeländer hinab oder lagen in dem üppigen Tang versunken. Aber er hatte nicht viel Zeit sie zu betrachten, weil er der Frau nachsehen mußte, die noch immer weiter wanderte. Endlich sah der König sie vor einem toten Manne stehen bleiben. Er hatte einen roten Leibrock, einen blanken Helm auf dem Haupte, der Schild war auf den Arm gezogen, und ein bloßes Schwert hielt er in der Hand.

Die Frau beugte sich über ihn und flüsterte, als wolle sie einen Schlafenden wecken: »König Olaf,« flüsterte sie, »König Olaf!«

Da sah der Träumende, daß der Mann auf dem Meeresgrunde er selbst war. Er erkannte es deutlich, daß er der Tote war.

»König Olaf,« flüsterte die Frau noch einmal, »ich bin die, die du vor der Kirche in Kungahälla sahst. Kennst du mich nicht?«

Als der Tote noch immer unbeweglich lag, warf sie sich neben ihm auf die Kniee und flüsterte ihm ins Ohr:

»Nun hat Storråda ihre Flotte gegen dich ausgesandt und Rache an dir genommen. Bereust du, König Olaf?«

Noch einmal fragte sie: »Nun leidest du des Todes Bitterkeit, weil du mich wähltest und nicht Storråda. Bereust du es? Bereust du es?« Da schlug der Tote endlich die Augen auf, und die Frau half ihm, sich emporzurichten. Er stützte sich auf ihre Schulter, und sie wanderte langsam mit ihm fort.

Wieder sah König Olaf sie wandern und wandern, durch Nacht und Tag, durch Meer und Land. Endlich vermeinte er zu sehen, daß sie weiter gekommen waren als die Wolken und höher als die Sterne.

Sie wandelten in einem Lustgarten, wo der Boden leuchtete wie weißes Licht und die Blumen klar waren wie Tautropfen.

Der König sah, daß die Frau, als sie in den Lustgarten eintrat, den Kopf erhob und daß ihr Gang leichter wurde.

Als sie ein Stück weiter hinein gekommen war, begannen ihre Kleider zu strahlen. Er sah, wie sie von selbst durch Goldstreifen begrenzt und von Farben erleuchtet wurden.

Er sah auch, daß ein Ring von Strahlen um ihren Scheitel aufflammte und ihr Antlitz beglänzte.

Aber der Gefallene, der sich auf ihre Schulter stützte, hob den Kopf und fragte: »Wer bist du?« »Weißt du es nicht, König Olaf?« antwortete sie da, und unendliche Hoheit und Herrlichkeit umgab ihr Wesen.

Aber der König ward dabei im Traume von großer Freude darüber erfüllt, daß er es erwählt hatte, der holden Himmelskönigin zu dienen. Das war eine Freude, wie er sie nie zuvor erfahren, und sie war so stark, daß sie ihn erweckte.

Als er aufwachte, fühlte er Tränen sein Antlitz benetzen, und er lag da, die Hände zum Gebet gefaltet.

Astrid

I

Zwischen den niedrigen Häuschen des alten Königshofes zu Upsala stand der Jungfernturm. Der war auf Pfosten erhoben, so wie ein Taubenschlag, man kam hinauf über eine Treppe, so steil wie eine Leiter, und trat ein durch eine Türe, so niedrig wie eine Luke. Die Wände dort drinnen waren mit Runen bedeckt, die Liebe und Sehnsucht bedeuten sollten, an den engen Gucklöchern sah man kleine runde Gruben in die Holzverschalung gedrückt, denn dort pflegten die Mägdlein zu stehen mit aufgestützten Ellenbogen und hinab auf den Hofplan zu schauen.

Seit einigen Tagen beherbergte der Königshof den alten Hjalte, den Skalden, als Gast, und er kam jeden Tag hinauf in den Jungfernturm zu Prinzeß Ingegerd und sprach mit ihr vom König in Norwegen, Olaf Haraldson. Und jedesmal, wenn Hjalte kam, saß Ingegerds Magd Astrid da und hörte auf seine Rede mit ebenso großer Freude wie die Prinzessin. Während Hjalte sprach, lauschten die beiden Jungfrauen so eifrig, daß sie die Arbeit in den Schoß sinken ließen und die Hände stille hielten. Wer sie sah, hätte nicht geglaubt, daß da im Jungfernturm irgendwelche Frauenarbeit verrichtet wurde. Man würde gar nicht geglaubt haben, daß sie Hjaltes Worte aufsammelten, als wären es Seidenfäden, und daß sie daraus jede ihr Bild von König Olaf formten. Man hätte nicht geglaubt, daß sie in Gedanken jede die Worte des Skalden zu einem strahlenden Wandbehang zusammenwebten.

Aber auf alle Fälle war es so, und das Bild der Prinzessin war so schön, daß sie jedesmal, wenn sie es vor sich sah, voll Verehrung auf die Knie hätte sinken mögen. Denn sie sah den König hoch und kronengeschmückt auf seinem Thron sitzen; sie sah einen rot- und goldgestickten Mantel von seinen Schultern bis hinab auf seine Füße wallen. Sie sah kein Schwert in seiner Hand, sondern heilige Schriften, und seinen Thron sah sie von einem unterjochten Troll getragen. Weiß wie Wachs schimmerte sein Antlitz ihr aus langen, glatten Locken entgegen, und seine Augen leuchteten von Frömmigkeit und Frieden. Ach, ach, sie erschrak beinahe, als sie die übermenschliche Kraft sah, die aus diesem bleichen Angesicht leuchtete. Sie begriff, daß König Olaf nicht allein ein König war, sie sah, daß er ein Heiliger war und der Engel Gleichen.

Aber so war keineswegs das Bild, das Astrid sich vom König schuf. Die blondhaarige Magd, die Kälte und Hunger gekostet und viele Mühe ertragen hatte, aber dennoch diejenige war, welche den Jungfernturm mit Scherz und Gaukelspiel erfüllte, dachte sich den König ganz anders. Sie konnte sich nicht helfen, aber jedesmal, wenn sie von ihm sprechen hörte, mußte sie den Jungen des Holzhauers vor sich sehen, der des Abends aus dem Walde kommt, mit der Axt auf der Schulter. »Ich sehe dich, ich sehe dich so gut,« sagte Astrid zu dem Bilde, ganz als wäre da wirklich jemand gewesen. »Hoch bist du nicht, aber schulterbreit und leicht und geschmeidig, und nachdem du den ganzen gottlieben Tag im Waldesdunkel gegangen bist nimmst du das letzte Stück mit einem Satz und lachst und springst hoch, wenn du hinaus auf den Weg kommst. Da leuchten die Zähne, und das Haar fliegt, und das gefällt mir wohl. Ich sehe dich, du hast ein rotwangiges Gesicht und ein Joch aus Sommersprossen über der Nase. Und blaue Augen hast du, die dunkel und düster werden, drinnen im tiefen Wald, aber kommst du nur so weit, daß du das Tal siehst und dein Heim, da leuchten sie auf und werden milde. Sowie du deine eigene Hütte im Talgrunde siehst, schwenkst du die Mütze und grüßest, und da sehe ich deine Stirn. Sollte diese Stirn nicht einem Könige taugen? Sollte diese breite Stirn nicht Krone und Helm tragen können?«

Aber so verschieden diese Bilder auch waren, ist doch eines gewiß: ebenso tief wie die Prinzessin das heilige Bild liebte, das sie heraufgezaubert, ebenso tief liebte die arme Magd den kecken, jungen Gesellen, den sie aus dem tiefen Walde auf sich zukommen sah.

Und wenn Hjalte, der Skalde, die beiden Bilder zu sehen bekommen hätte, er würde sie gewißlich beide gepriesen haben. Er hätte gesagt, daß sie beide dem Könige glichen. Denn König Olafs guter Stern, würde er gesagt haben, hat es gewollt, daß er ein frischer, munterer Jüngling ist, und zugleich ein heiliger Held Gottes.

Denn der alte Hjalte liebte König Olaf und, obgleich er von Hof zu Hof gezogen und gar viele Menschen gesehen, hatte er doch niemals seinesgleichen finden können. »Wo finde ich einen, der mich Olaf Haraldson vergessen läßt?« pflegte er zu sagen, »wo soll ich einem trefflicheren Manne begegnen?«

Hjalte, der Skalde, war ein rauher, alter Mann von barschem Aussehen. So alt er auch war, hatte er doch schwarzes Haar, seine Gesichtsfarbe war dunkel, und seine Blicke scharf. Und sein Singen hatte immer gar wohl zu seinem Aussehen gepaßt. Nie waren andere Worte auf seine Lippen gekommen als Kampfworte. Er hatte niemals andere wieder gedichtet als Kampflieder.

Des alten Hjaltes Herz war bis dahin gewesen wie die Wildnis vor der Hütte des Waldbewohners. Wie eine große Steinhalde war es gewesen, aus der nichts anderes wachsen will, als mageres Schlangenkraut und hartes Felsengras.

Aber auf seinen Wanderungen war Hjalte an den Hof von Upsala gekommen und hatte Prinzeß Ingegerd gesehen. Er hatte gesehen, daß sie edler war als jedes andere Weib, dem er je begegnet. Wahrlich, war nicht die Prinzessin um so vieles holder als andere Frauen, als König Olaf herrlicher war als andere Männer?

Da entstand ganz plötzlich bei Hjalte der Gedanke, daß er es versuchen wollte, Liebe zwischen der schwedischen Prinzessin und dem norwegischen König zu wecken. Er fragte sich, warum sie, die zu oberst unter den Frauen stand, nicht König Olaf lieben sollte, der der trefflichste der Männer war.

Und nachdem dieser Gedanke in Hjalte Wurzel geschlagen hatte, dichtete er nicht mehr seine finsteren Heldengesänge. Er stand davon ab, Preis und Ehre bei den rauhen Kämpen am Hofe zu Upsala zu gewinnen, und er saß lange Stunden bei den Frauen im Jungfernturm. Und man würde nicht geglaubt haben, daß es Hjalte war, der sprach. Man würde nicht geglaubt haben, daß er so süße und milde Worte finden konnte, wie er sie jetzt anwandte, um von König Olaf zu sprechen. Niemand hätte Hjalte wiedererkannt. Seit der Gedanke an diesen Ehebund in ihm entstanden war, war er völlig verwandelt. Als der holde Gedanke aus Hjaltes Seele emporwuchs, war es, als wüchse eine farbenprächtige Rose mit duftenden, zarten Blättern aus einer Steinhalde empor.

*

Eines Tages saß Hjalte wieder bei der Prinzessin im Jungfernturm. Alle Jungfrauen waren fortgegangen, mit Ausnahme von
Astrid. Hjalte dachte, daß er nun lange genug von Olaf Haraldson
gesprochen. Er hatte von ihm alles Schöne gesagt, das er wußte.
Aber hatte es nun etwas gefruchtet? Was dachte die Prinzessin von
dem König? Hjalte begann der Prinzessin Fallen zu legen, um zu
erfahren, was ihre Meinung über König Olaf war. Ich werde es an
einem Blick sehen können oder an einem Erröten, dachte er.

Aber die Prinzessin war von hoher Abstammung, sie verstand es,
ihre Gedanken zu verbergen. Sie errötete weder, noch lächelte sie.
Ihre Augen nahmen keinen Strahlenglanz an. Sie ließ Hjalte nicht
ahnen, was sie dachte.

Während der Skalde in ihr edles Antlitz blickte, begann er sich
seiner selbst zu schämen. Sie ist zu gut, als daß man trachten sollte,
sie, zu überrumpeln, dachte er. Man muß ihr im offenen Kampfe
gegenübertreten. Und Hjalte sagte gerade heraus: »Königstochter,
wenn Olaf Haraldson dich von deinem Vater begehrte, was würdest
du dazu sagen?«

Der jungen Prinzessin Antlitz leuchtete auf, so wie die Gesichter
von Menschen aufleuchten, wenn sie auf einen Berg kommen und
das Meer schauen. Sie antwortete sogleich ohne Umschweife.

»Ist er ein solcher König und ein solcher Christ, wie du gesagt
hast, Hjalte, dann wäre das für mich ein großes Glück.«

Aber kaum hatte sie dies gesagt, als der Glanz in ihren Augen
dahinstarb. Man hätte glauben können, daß eine Nebelsäule sich
zwischen ihr und dem großen schönen Bild in der Ferne erhoben
hätte.

»Ach, Hjalte,« sagte sie, »du vergißt eines. König Olaf ist unser
Feind. Krieg und nicht Freiersbotschaft haben wir von ihm zu erwarten.«

»Laß dich dadurch nicht betrüben,« sagte Hjalte, »wenn nur du es
willst, so ist alles gut. Ich kenne König Olafs Willen in dieser Sache.«

Hjalte, der Skalde, war so vergnügt, daß er lachte, als er dieses sagte, aber die Prinzessin wurde immer niedergeschlagener.

»Nein,« sagte sie, »weder von mir, noch von König Olaf hängt dieses ab, sondern von meinem Vater Olof Schoßkönig. Und du weißt, daß er Olaf Haraldson haßt und nicht einmal gestatten will, daß jemand seinen Namen nennt. Nie läßt er mich einem Feinde seines Reiches folgen. Nie gibt er seine Tochter Olaf Haraldson.«

Als die Prinzessin dieses gesagt hatte, legte sie all ihren Stolz ab und begann vor Hjalte zu klagen, »was hilft es mir, daß ich nun Olaf Haraldson kenne,« sagte sie, »daß ich alle Nächte von ihm träume und mich alle Tage nach ihm sehne! Wäre es nicht besser gewesen, ich hätte nie etwas von ihm gehört? Wäre es nicht besser gewesen, du wärest nie hergekommen, um mit mir von ihm zu sprechen?«

Als die Prinzessin dieses sagte, füllten sich ihre Augen mit Tränen, und als Hjalte diese Tränen sah, erhob er im Feuereifer die Hand.

»Gott will es,« rief er. »Ihr gehöret zusammen. Der Streit muß seinen roten Mantel mit den weißen Gewändern des Friedens vertauschen, auf daß euer Glück die Erde erfreue.«

Als Hjalte dieses sagte, neigte die Prinzessin zuerst ihr Haupt vor Gottes hohem Namen, dann erhob sie es in neuerwachter Hoffnung.

Als der alte Hjalte aus der niedrigen Türe des Jungfernturmes trat und über den schmalen Gang ging, der nicht durch das kleinste Geländer geschützt wurde, kam Astrid ihm nach.

»O, Hjalte,« rief sie ihm zu. »Warum fragst du nicht mich, was ich Olaf Haraldson antworten würde, wenn er meine Hand begehrte?«

Es war das erste Mal, daß Astrid zu Hjalte sprach. Aber Hjalte warf bloß einen raschen Blick auf die goldhaarige Magd, die das Haar an den Schläfen und im Nacken lockig trug, die die breitesten Armbänder und die schwersten Ohrgehänge hatte, die den Rock mit Seidenschnüren gebunden trug und das Leibchen so mit Perlen bespickt, daß es steif war wie ein Harnisch, dann ging er weiter, ohne ihr zu antworten.

»Warum fragst du nur die Prinzessin Ingegerd?« fuhr Astrid fort. »Warum fragst du nicht auch mich? Weißt du denn nicht, daß auch ich des Sveakönigs Tochter bin?«

»Weißt du nicht,« fuhr sie fort, da Hjalte gar nichts erwiderte, »daß, obgleich meine Mutter eine Hörige war, sie doch des Königs Jugendbraut wurde? Weißt du nicht, daß, solange sie lebte, niemand wagte, sich ihrer Geburt zu entsinnen? O, Hjalte, weißt du nicht, daß erst, als sie tot war und der König eine Königin hatte, alle sich erinnerten, daß sie eine Unfreie war? Erst nachdem ich eine Stiefmutter bekommen hatte, fing der König an, daran zu denken, daß ich von niedriger Herkunft war. Aber bin ich nicht eine Königstochter, Hjalte, obgleich mein Vater mich für so gering und verächtlich ansieht, daß er mich hinab in den Gesindehaufen sinken ließ? Bin ich nicht eine Königstochter, wenn meine Stiefmutter mich auch in Lumpen gekleidet gehen ließ, während meine Schwester in Goldkleidern ging? Bin ich nicht eine Königstochter, trotzdem meine Stiefmutter mich Enten und Gänse hüten ließ und trotzdem ich mit der Gesindepeitsche gestraft wurde? Und wenn ich eine Königstochter bin, warum fragst du mich nicht, ob ich mich Olaf Haraldson vermählen will? Sieh, ich habe krauses Goldhaar, das so leicht um meinen Kopf steht wie Flaum. Sieh, ich habe schöne Augen, ich habe blühende Wangen. Warum sollte König Olaf mich nicht besitzen wollen?« Sie folgte Hjalte über den Hof bis zum Königshause. Aber Hjalte achtete ebensowenig auf ihre Klage, als ein gewappneter Kämpe der Steinwürfe eines Knaben achtet. Er lauschte der goldgelockten Magd nicht mehr, als wäre sie die schnatternde Elster der Baumwipfel gewesen.

*

Niemand darf glauben, daß Hjalte sich damit begnügte, daß er Ingegerd für seinen König gewonnen hatte. Nein, am folgenden Tag nahm der alte Isländer all seinen Mut zusammen und sprach mit Olof Schoßkönig von Olaf Haraldson. Aber Hjalte konnte kaum zu Worte kommen, der König unterbrach den Skalden, sowie dieser von seinem Feinde sprechen wollte. Hjalte sah ein, daß die edle Prinzeß recht hatte. Nie glaubte er größerem Hasse begegnet zu sein.

»Aber diese Heirat muß doch geschehen,« sagte Hjalte. »Es ist Gottes Wille, Gottes Wille.«

Und es sah ganz so aus, als hätte Hjalte recht. Nur ein paar Tage später kam ein Bote vom König Olaf von Norwegen, um Frieden mit den Schweden zu mitteln. Und Hjalte suchte diesen Sendboten auf und sagte ihm, daß der Friede zwischen den beiden Ländern nicht besser befestigt werden könne, als durch eine Heirat zwischen Prinzessin Ingegerd und Olaf Haraldson.

Der Sendbote glaubte wohl kaum, daß der alte Hjalte eines Mägdleins Sinn einem fremden Manne hatte zuwenden können, aber es dünkte ihm gleichwohl, daß sein Vorschlag gut war. Und er versprach Hjalte, daß er diesen Ehevorschlag Olof Schoßkönig auf dem großen Winterthing zu Upsala vortragen wolle.

Gleich darauf verließ Hjalte Upsala. Er zog umher von Hof zu Hof auf der weiten Ebene, er drang tief in die Wälder ein, er kam bis zum Meeresstrande.

Nie traf Hjalte einen Menschen, ohne von Olaf Haraldson und Prinzessin Ingegerd zu sprechen. »Hast du je von einem ausgezeichneteren Manne oder von einem holdseligeren Weibe gehört,« sagte er. »Sicherlich ist es Gottes Wille, daß sie zusammen durchs Leben wandeln sollen.« Hjalte kam zu alten Wikingern, die an der Meeresküste überwinterten und die ehemals an jedem Strande Frauen geraubt hatten. Er sprach mit ihnen von der schönen Prinzessin, bis sie aufsprangen und, die Hand am Schwertgriff, ihm gelobten, daß sie ihr zu ihrem Glücke verhelfen wollten.

Hjalte ging zu alten herrischen Bauersleuten, die nie den Klagen ihrer eigenen Töchter gelauscht, sondern sie so verheiratet hatten, wie es die Klugheit und die Ehre des Geschlechts erheischte, und er sprach mit ihnen so weislich von Frieden und Eheschließung, daß sie schworen, eher dem König das Reich zu nehmen, als daß eine solche Verbindung nicht zustande kommen sollte.

Aber zu dem jungen Weibervolk sagte Hjalte so holde Worte von Olaf Haraldson, daß sie gelobten, niemals mit Wohlgefallen auf einen Jüngling zu blicken, der nicht auf dem Thing dem Sendboten beistand und dazu half, des großen Königs Widerstand zu brechen. So ging Hjalte umher und sprach, bis der Winterthing sich versammeln sollte, und das Volk auf beschneiten Wegen hinabzog zu den großen Thinghügeln in Upsala.

Und als der Thing eröffnet wurde, da war der Eifer des Volkes so groß, daß es war, als müßten die Sterne am Himmel erlöschen, wenn diese Heirat nicht beschlossen wurde.

Und obgleich der König zweimal ein barsches Nein zu Frieden wie zu Freierei sagte, was half das? Was half es, daß er König Olafs Namen nicht nennen hören wollte? »Wir wollen nicht Krieg mit Norwegen führen,« rief das Volk, »wir wollen, daß diese beiden, die alle am höchsten halten, gemeinsam das Leben durchwandern!« Und was konnte nun der alte Olof Schoßkönig tun, als das Volk gegen ihn losbrach mit Drohungen und harten Worten und Waffenlärm? Was konnte er tun, als er vor sich nichts anderes sah als gezückte Schwerter und rasende Menschen? Mußte er nicht seine Tochter versprechen, wollte er Krone und Leben behalten? Mußte er nicht schwören, im nächsten Sommer die Prinzessin nach Kungahälla zu schicken, um dort König Olaf zu begegnen? Seht, seht, auf solche Weise wurde Ingegerds Liebe von allem Volke gefördert. Aber niemand war da, der Astrid zu helfen suchte, ihr Glück zu erreichen, kein Mensch fand sich, der nach ihrer Liebe fragte. Und doch lebte diese, sie lebte wie das Kind der armen Fischerwitwe in Not und Entbehrung, aber sie wuchs doch froh und hoffnungsvoll heran. Sie wuchs und lebte, denn in Astrids Seele gab es wie am Meere frische Luft und Licht, und üppigen Schaum und Wogenschwall.

II

In dem reichen Kungahälla weit weg an der Grenze lag ein großer, alter Königshof, der war von einem hohen, torfverkleideten Wall umgeben. Vor den Toren standen gewaltige Grabdenkmäler Wacht, und drinnen wuchs eine Eiche, die dem ganzen Hof des Königs Schatten gab. Auf dem ganzen Gebiet innerhalb des Walles standen lange, niedrige Holzgebäude. Sie waren so alt, daß auf den Dachfirsten Moosflechten wuchsen, die Balken der Wände hatten sich im Urwald mächtig gewachsen und waren vor Alter silberweiß. Die Torfdächer standen grünend und blühend da, der Hauslauch saß so dicht wie die Schuppen auf einem Fisch, das Riedgras fand kaum Raum, ein paar vereinzelte Halme dazwischen hervorzustecken.

Zu Beginn des Sommers kam Olaf Haraldson nach Kungahälla, und in dem großen, alten Königshofe sammelte er alles ein, was erforderlich war, um Hochzeit zu feiern. Die lange Straße hinauf zogen da ein paar Wochen hindurch lange Reihen von Bauern, die auf ihren kleinen Pferdchen Butter in Butten brachten und Käse in Säcken, Hopfen und Salz, Rüben und Mehl.

Als diese Fuhren endlich aufhörten, kamen durch ein paar Wochen die Hochzeitsgäste über die Straße gezogen. Da kamen hochgewachsene Männer und Frauen zu Pferde, mit großem Gefolge von Dienern und Knechten. Hierauf folgten Scharen von Gauklern, von Liedersängern und Sagenerzählern. Kaufleute kamen aus dem fernen Venda[1] und Gårdarike[2] um den König zu verlocken, Brautgaben zu kaufen.

Nachdem diese Züge zwei Wochen durch die Stadt gerauscht waren, wartete man nur noch auf den letzten Zug, den der Braut.

Aber der Zug der Braut säumte und säumte. Jeden Tag erwartete man, daß sie an der Königsbrücke ans Land steigen würde, um dann, geführt von Pfeifern und Trommlern, von fröhlichen, jungen Knappen und ernsten Priestern, die Straße zum Königshofe hinanzuschreiten. Doch der Brautzug kam nicht.

Als die Braut so lange auf sich harren ließ, suchten aller Blicke König Olaf, um zu sehen, ob er von Unruhe gequält wurde. Aber der König zeigte allen ein ruhiges Antlitz. »Wenn Gott will,« sagte der König, »daß ich dieses schöne Weib besitzen soll, dann muß sie wohl kommen.« Und der König wartete, indes das Gras auf den Wiesen gemäht wurde und die Kornblume im Roggenfeld erblühte.

Der König wartete noch, als der Flachs aus der Erde gerissen wurde und als die Hopfenranken auf den hohen Stangen sich gelb färbten.

---

[1] Der altnordische Name für Norddeutschland.

[2] Rußland, besonders die Gegend um Nowgorod, die Holmgård hieß.

Er wartete noch, als die Brombeeren in den Felsenspalten schwarz wurden, und als die Hagebutte auf den nackten Zweigen des Dornbusches rot zu leuchten begann.

*

Den ganzen Sommer war Hjalte unten in Kungahälla umhergegangen und hatte auf die Hochzeit gewartet. Niemand konnte die Prinzessin eifriger erwarten als er. Er sehnte sich sicherlich mit viel größerer und quälenderer Unruhe als König Olaf selbst.

Auch jetzt wurde es Hjalte unter den Kämpen im Königshause nicht wohl. Aber weit unten am Flusse fand sich eine Brücke, zu der die Frauen Kungahällas zu gehen pflegten, um ihren Männern und Söhnen nachzublicken, wenn sie auf weite Fahrt auszogen. Hier pflegten sie sich auch den ganzen Sommer über zu versammeln, um den Fluß hinab nach Segeln auszulugen und den Fortgefahrenen nachzuweinen. Hinab zu dieser Brücke kam nun Hjalte alle Tage. Er liebte es, sich unter jenen aufzuhalten, die trauerten und sich sehnten.

Ganz sicherlich hatte keine der Frauen, die je auf der »Tränenbrücke« gesessen und gewartet hatte, den Lauf des Flusses mit ängstlicheren Blicken hinabgeschaut als Hjalte, der Skalde. Es gab niemanden, der mit größerer Erwartung seine Blicke auf jedes vorübergleitende Segel heftete.

Zuweilen schlich sich auch Hjalte in die Marienkirche. Er betete nie um etwas für sein eigen Teil. Er kam nur herein, um die Heiligen an diese Heirat zu erinnern, die geschehen mußte, die Gott selbst gefördert hatte. Am allerliebsten von allen sprach doch Hjalte ganz allein mit Olaf Haraldson. Es war ihm eine Freude dazusitzen und ihm jedes Wort der Königstochter zu erzählen. Er schilderte jeden ihrer Gesichtszüge.

»König,« sagte er zu ihm, »bitte Gott, daß sie zu dir kommt. Jeden Tag sehe ich dich auf die Jagd ausziehen gegen das alte Heidentum, das wie ein Uhu in dem Schatten des Waldes und der Klüfte verborgen liegt. Aber dein Falke, König, wird niemals den Uhu überwinden. Eine Taube allein kann es, allein eine Taube.«

Der Skalde fragte den König, ob es nicht wahr sei, daß er alle seine Widersacher niederwerfen wollte. War es nicht so, daß er allein

Herr sein wollte im Lande? Aber nie würde ihm das glücken. Nie würde es glücken, bevor er die Krone besaß, die Hjalte ihm auserwählt eine Krone, die so mit Adel und Glanz geschmückt war, daß ihm, der sie besaß, alle Menschen gehorchen mußten.

Und zuletzt fragte er den König, ob er nicht die Herrschaft über sich selbst gewinnen wolle. Aber es konnte ihm niemals gelingen, des eigenen Herzens Widerstand zu überwinden, wenn er nicht ein Schild gewann, das Hjalte im Jungfernturm des Königshofes zu Upsala gesehen. Das war ein Schild, von dem des Himmels Reinheit strahlte. Das war ein Schild, der vor aller Arglist und aller Fleischeslust schützte.

*

Aber der Herbst kam, und noch immer säumte die Prinzessin. Einer nach dem anderen von den tapferen Helden, die um des Hochzeitsfestes willen Kungahälla besucht hatten, mußte von dannen ziehen. Zuletzt von allen fuhr auch der alte Hjalte, der Skalde. Mit schwerem Herzen segelte er fort, mußte er doch vor dem Weihnachtsfeste sein Heim im fernen Island erreichen.

Der alte Hjalte war kaum zu den felsigen Schären hinter der Mündung des Nordre Ülf gekommen, als er einem Langschiff begegnete, sogleich gebot er seinen Mannen mit dem Rudern innezuhalten. Er hatte auf den ersten Blick erkannt, daß das Fahrzeug der Drache war, der Prinzessin Ingegerd angehörte.

Ohne Zögern ließ Hjalte sich zu dem Drachen hinrudern. Er verließ seinen Platz am Steuer und stellte sich mit freudestrahlendem Antlitz ganz vorne in den Kiel. »Es freut mich, daß ich die schöne Maid noch einmal schauen darf,« sagte der Skalde. »Es freut mich, daß ihr holdes Antlitz das letzte ist, was mir vor der Islandsfahrt begegnet.« Da war kaum eine Runzel in Hjaltes Antlitz zu sehen, als er an Bord des Drachen trat. Er grüßte die rüstigen Gesellen, die die Ruder führten, so freundlich, als wären es seine Genossen, und er gab dem Mägdlein, das ihn ehrfurchtsvoll zum Frauenzelt im Hintersteven des Schiffes geleitete, ein goldenes Ringelein.

Hjaltes Hand zitterte, als er den Vorhang hob, der vor der Zeltöffnung herabhing. Dieser Augenblick dünkte ihn der schönste seines Lebens.

»Nie habe ich für eine größere Sache gekämpft,« sagte er. »Nie habe ich etwas so eifrig erstrebt wie diese Verbindung.«

Aber als Hjalte in das Zelt kam, wich er erschrocken einen Schritt zurück. Sein Gesicht drückte die größte Verwirrung aus.

Ein hohes, schönes Weib hatte er dort drinnen gesehen. Sie war ihm mit ausgestreckter Hand entgegengekommen. Aber das war nicht Ingegerd. Hjaltes Augen irrten suchend in dem engen Zelt umher, um die Prinzessin zu finden. Wohl sah er, daß sie, die dort drinnen stand, eine Königstochter war. Nur eine Königstochter konnte ihn mit so stolzen Blicken ansehen und ihn mit solcher Würde begrüßen. Und sie trug fürstlichen Stirnreifen und königliches Gewand. Aber warum war sie nicht Ingegerd?

Hjalte begann die Fremde heftig auszufragen. »Wer bist du?« fragte er. – »Kennst du mich nicht, Hjalte, ich bin die Königstochter, mit der du von Olaf Haraldson gesprochen.« »Ich habe mit einer Königstochter von Olaf Haraldson gesprochen, aber sie nannte sich Ingegerd.« – »Ich nenne mich auch Ingegerd.« – »Du magst dich nennen wie du willst, aber du bist nicht die Prinzessin. Was will all dies heißen? Will der Sveakönig König Olaf hintergehen?« – »Mit nichten hintergeht er ihn. Er sendet ihm seine Tochter, so wie er es versprochen.«

Es fehlte nicht viel, und Hjalte hätte sein Schwert gezogen, um die fremde Frau niederzuschlagen. Er hatte schon die Hand am Schwertgriff, aber dann besann er sich, wie übel es einem Kämpen anstand, einem Weibe das Leben zu nehmen. Aber mehr Worte wollte er nicht an diese Betrügerin vergeuden. Er wandte sich zum Gehen. Die Fremde rief ihn mit sehr sanfter Stimme zurück, »wohin gehst du, Hjalte, willst du nach Kungahälla fahren, um Olaf Haraldson zu warnen?« – »Jawohl, dies ist meine Absicht,« antwortete Ijalte, ohne sie anzusehen. – »Warum willst du mich dann verlassen, Hjalte? Warum bleibst du nicht bei mir? Ich fahre ja auch nach Kungahälla.«

Nun wandte sich Hjalte um und sah sie an. »Bist du das Weib, um Erbarmen mit einem alten Manne zu haben?« sagte er. »Ich will dir sagen, daß ich mein ganzes Herz darein gesetzt habe, daß diese Heirat zustande kommt. Laß mich nun mein ganzes Unglück wissen. Darf Ingegerd überhaupt nicht kommen?«

Da hörte die Prinzessin auf, mit Hjalte ihren Scherz zu treiben. »Komm herein und setze dich hier unter das Zelt,« sagte sie, »und ich werde dir alles sagen, was du wissen willst. Ich begreife wohl, daß es nichts nützt, die Wahrheit vor dir zu verbergen.«

Und sie begann ihm zu erzählen. »Schon neigte der Sommer sich seinem Ende zu,« sagte sie, »schon hatten die munteren Küchlein des Birkhuhns starke Federn in dem gespaltenen Schwanz und Festigkeit in den runden Flügeln, schon hatten sie angefangen, mit hurtigen, lärmenden Flügelschlägen in dem Astnetz des Tannenwaldes umherzuflattern.

»Da war der Sveakönig eines Morgens über die Ebene geritten gekommen. Er war von glücklicher Jagd heimgekehrt. Am Sattelknopf hing ein alter Birkhahn, dunkelglänzend und blauschwarz, ein grimmiges Kerlchen mit roten Augenbrauen, und vier seiner unerfahrenen Jungen in gesprenkeltem Kleid. Und der König war sehr stolz gewesen. Er dachte, daß es sich nicht oft zutrug, daß man mit Falke und Habicht an einem Morgen bessere Jagd machte als diese.«

Aber nun mußte Hjalte wissen, daß an diesem Morgen Prinzeß Ingegerd mit ihren Zofen im Burgtor gestanden war und den König erwartet hatte. Und unter den Jungfrauen war eine gewesen, die sich Astrid nannte und die ebenso wie Ingegerd eine Tochter des Sveakönigs war, obgleich von einer unfreien Mutter geboren und darum wie eine leibeigene gehalten. Und diese junge Maid war dagestanden und hatte ihrer Schwester gezeigt, wie die Schwalben sich draußen über dem Felde zusammenscharten und sich einen Führer wählten für den langen Flug. Sie erinnerte sie daran, daß der Sommer nun im Scheiden war, dieser Sommer, der Ingegerds Hochzeit hätte schauen sollen, und sie reizte sie auf, den König zu fragen, warum sie nicht zu König Olaf hatte fahren dürfen. Denn Astrid hatte diese Fahrt mit ihrer Schwester machen wollen. Sie dachte, daß sie alle Tage froh sein würde, wenn sie bloß ein einziges Mal Olaf Haraldson schauen durfte.

Aber als der Sveakönig die Prinzessin erblickt hatte, war er auf sie zugeritten. »Sieh, Ingegerd«, hatte er gesagt, »hier hängen fünf Birkhühner am Sattelknopf. An diesem einen Morgen habe ich fünf Birkhühner niedergestreckt. Wer, glaubst du, kann sich eines besseren Glückes berühmen? Hast du je gehört, daß ein König bessere Jagd machte?«

Aber da war die Prinzessin unwillig geworden, weil er so stolz kam und sein eigenes Glück pries, er, der ihr den Weg zum Glück versperrte. Und um der Angst, die sie seit Wochen verzehrte, ein Ende zu machen, antwortete sie: »Du, Vater, hast mit großen Ehren fünf Birkhühner niedergestreckt, aber ich weiß einen König, der in einer Morgenstunde fünf Könige fing, und das war Olaf, der Held, den du mir zum Gemahl erwählt.«

Da war der Sveakönig zornig aus dem Sattel gesprungen und mit geballten Fäusten auf die Prinzessin losgegangen.

»Welcher Troll hat dich gebissen?« hatte er gefragt. »Welches Kraut hat dich behext? wie konnte sich dein Sinn diesem Manne zuwenden?«

Da hatte Ingegerd nicht geantwortet, sie war erschrocken einen Schritt zurückgewichen.

Und der König war ruhiger geworden. »Süße Tochter,« hatte er ihr gesagt, »weißt du denn nicht, daß ich dich lieb habe? Wie kann ich dich dann dem schenken, den ich nicht ertragen kann! Ich möchte dich mit trauten Wünschen geleiten. Ich will in deinen Saal treten können. Ich sage dir, daß du deinen Sinn den Königen anderer Länder zuwenden mußt, denn Norwegens König wird dich niemals besitzen!«

Da war die Prinzessin so verwirrt geworden, daß sie dem König nichts anderes zu antworten wußte als:

»Ich bat dich nicht. Es war des Volkes Wille!«

Und der König hatte sie sogleich gefragt, ob sie meinte, daß der Sveakönig ein Knecht sei, der nicht über seine eigenen Kinder verfügen durfte, ob er einen Herrn hatte, der die Macht besaß, seine Tochter zu verschenken.

»Will der Sveakönig es gestatten, daß man ihn wortbrüchig nennt?« hatte die Prinzessin gefragt.

Der Sveakönig hatte laut gelacht! »Sei du ohne Sorge! Solches wird nicht gesagt werden. Warum fragst du darnach, du, ein Weib?

Noch sitzen Männer in meinem Rat, für solches werden Männer Hilfe zu finden wissen.«

Und der König hatte sich den Kämpen zugewandt, die in der Jägerschar ritten. »Mein Wille wird durch dieses Gelöbnis gebunden,« sagte er. »Ich will frei sein von diesem Band.«

Aber keiner der Männer des Königs hatte ein Wort erwidert, keiner wußte ihm irgend einen Rat zu geben.

Immer größeren Zorn hatte da Olof Schoßkönig gepackt. Er war so wild geworden wie ein Wahnsinniger. »Wehe eurer Weisheit!« hatte er einmal ums andere seinen Mannen zugerufen. »Frei will ich sein! Warum preist man euere Weisheit?«

Aber während der König so getobt und gewütet hatte und weil niemand ihm etwas zu antworten wußte, trat Astrid aus dem Kreise der Jungfrauen heraus und brachte einen Vorschlag vor. Aber sie sprach ihn nur aus, das mußte Hjalte glauben und wissen, weil er ihr ergötzlich schien und ihr gleichsam kitzelnd auf der Zunge gelegen war, durchaus nicht, weil er ihr möglich oder ausführbar dünkte.

»Warum sendest du nicht mich?« sagte sie. »Ich bin auch deine Tochter. Warum schickst du nicht mich zu dem norwegischen König?«

Aber sowie Astrid dies gesagt hatte, war Ingegerd ganz blaß geworden. »Schweige still und geh von hinnen,« sagte sie erzürnt. »Geh von hinnen, du Plappermaul, du heimtückisches, böses Ding, das meinem Vater solche Schmach vorschlägt.«

Aber der König hatte Astrid nicht erlaubt zu gehen. Im Gegenteil, im Gegenteil! Er hatte die Hand ausgestreckt und sie an seine Brust gezogen. Er hatte gelacht und geweint und war ganz wirr gewesen vor Freude, wie ein ausgelassenes Kind.

»Ah,« hatte er gerufen. »Was für ein Einfall! Was für ein heidnischer Streich! Wir werden Astrid Ingegerd nennen! Wir werden den König Norwegens verlocken, sie zu ehelichen! Und wenn es dann kund wird rings im Lande, daß sie von unfreier Geburt ist, dann werden manche frohlocken. Überall wird man seinen Spott treiben mit diesem ehrenfesten Manne!«

Aber da war Ingegerd auf den König zugeeilt und hatte gefleht: »O Vater, o Vater, tu dieses nicht! Ich habe König Olaf von Herzen lieb, es macht mir großen Kummer, daß du ihn betrügen willst.« Und sie sagte, sie wolle in Geduld dem Befehl ihres Vaters gehorchen und von der Heirat mit Olaf Haraldson abstehen. Er sollte ihr nur versprechen, ihm das nicht anzutun, nicht das.

Aber der Sveakönig hatte gar nicht auf ihre Bitten gehört. Er hatte sich allein Astrid zugewandt, die er liebkoste, als wäre sie süß wie die Rache selbst. »Du sollst fahren, du sollst bald fahren, morgen schon,« hatte er zu ihr gesagt. »Wir müssen wohl irgend ein Schiff haben, das seetüchtig ist. Alles, was du an Heiratsgut brauchst, deine Kleider, liebe Tochter, und dein Gefolge, das kann in größter Eile beschafft werden. Der norwegische König denkt nicht an derartiges, er denkt bloß an die Freude, des Sveakönigs hochgeborenes Töchterlein zu besitzen.«

Als er dieses gesagt, hatte Ingegerd nur zu wohl verstanden, daß hier keine Änderung zu erhoffen war. Und da war sie auf die Schwester zugegangen, hatte ihr die Hand um den Hals gelegt und sie mit sich in ihren Saal geführt. Und auf ihre eigene Hochbank setzte sie sie, während sie selbst auf dem niedrigen Schemel zu ihren Füßen Platz nahm. Und sie hatte zu Astrid gesagt, daß sie nun dort oben sitzen sollte, um sich an den ersten Platz zu gewöhnen. Sie sollte dort sitzen, um zu wissen, welchen Platz sie als Königin einnehmen würde. Denn Ingegerd wollte nicht, daß Olaf sich seiner Königin schämen müßte.

Dann hatte die Prinzessin ihre anderen Jungfrauen zu Kleiderschränken und Vorratskammern gesandt, um den Brautschatz zu holen, den sie für sich selbst geordnet. Und das alles hatte sie ihrer Schwester geschenkt, damit Astrid nicht wie eine arme Magd zu Norwegens König kam.

Sie hatte auch aufgezählt, welche Diener und Zofen Astrid begleiten sollten, und zum Schlusse hatte sie ihr ihr schönes Langschiff gegeben.

»Sicherlich sollst du mein Langschiff nehmen,« sagte sie. »Du weißt, daß viele gute Gesellen dort das Ruder führen. Denn es ist mein Wille, daß du stolz zu Norwegens König kommst, so daß er sich geehrt fühlt durch seine Königin.« Und dann war die Prinzessin gar lange bei ihrer Schwester gesessen und hatte mit ihr von König Olaf gesprochen. Aber sie hatte so gesprochen, wie man von Gottes heiligen Männern spricht und nicht von Königen, und Astrid hatte nicht viel von ihrer Rede verstanden. Aber so viel hatte sie verstanden, daß die Königstochter Astrid alle guten Gedanken schenken wollte, die in ihr wohnten, nur damit König Olaf nicht so genarrt wurde, wie ihr Vater wünschte.

Und da hatte schließlich Astrid, die wohl doch nicht so böse war, wie alle glaubten, vergessen, wie oft sie gerade um ihrer Schwester willen hatte leiden müssen, und sie hatte gewünscht, daß sie die Freiheit besäße zu sagen: »Ich fahre nicht.« Sie hatte auch von diesem ihrem Wunsche zur Prinzessin gesprochen, und sie hatten beide geweint, und zum erstenmal hatten sie sich als Schwestern gefühlt.

Aber nun mußte Hjalte verstehen, daß Astrid nicht eine von denen war, die grübeln und trauern. Als sie hinaus auf das Meer gekommen war, da hatte sie alle Sorge und Furcht vergessen. Sie hatte als Herrscherin gebieten können, sie war wie eine Königstochter bedient worden. Zum erstenmal seit dem Tode ihrer Mutter war sie glücklich gewesen. Die schöne Königstochter schwieg einen Augenblick, als sie all dieses gesagt hatte. Sie sah hastig zu Hjalte auf, der sich, solange sie sprach, nicht geregt hatte. Sie erblaßte, als sie sah, welchen Schmerz sein Antlitz wiederspiegelte.

»Sage mir, was du glaubst, Hjalte,« rief sie. »Nun sind wir ja bald in Kungahälla. Wie wird es mir dort ergehen? Wird der König mich töten? Wird er mich zurückschicken, mit rotglühendem Eisen gebrandmarkt? Sag mir die Wahrheit, Hjalte?«

Aber Hjalte antwortete ihr nicht. Er saß da und sprach zu sich selbst, ohne daß er es wußte. Astrid hörte, wie er murmelte, daß es drüben in Kungahälla keinen gab, der Ingegerd kannte, und daß er selbst geringe Lust hatte, zurückzukehren.

Aber nun fiel Hjaltes düsterer Blick auf Astrid, und er begann sie auszufragen. Sie hatte sich ja die Freiheit gewünscht, um nein zu dieser Fahrt sagen zu können. Und wenn sie jetzt nach Kungahälla kam, war sie frei, was gedachte sie also zu tun? Gedachte sie König Olaf zu sagen, wer sie war?

Das war eine Frage, die Astrid gar sehr verwirrte. Sie schwieg lange. Aber dann hub sie an, Hjalte zu bitten, daß er sie nach Kungahälla geleite, um dem Könige die Wahrheit zu sagen, sie sagte Hjalte, daß ihre Schiffsleute und Zofen sich verpflichtet hatten zu schweigen. »Und ich selbst weiß ja nicht, was ich tue,« sagte sie. »Wie kann ich wissen, was ich tun werde? Ich habe ja alles gehört, was du Ingegerd von Olaf Haraldson erzählt hast.«

Als Astrid dies sagte, sah sie, wie Hjalte wieder in Grübeln versank. Sie hörte, wie er dasaß und murmelte, daß er nicht glaube, daß sie gestehen würde. »Aber ich muß ihr doch sagen, was ihrer wartet,« sagte er.

Und Hjalte richtete sich auf und sprach mit tiefem Ernst. »Höre noch eines, Astrid, was ich dir früher nicht von König Olaf erzählt habe.

»Es war zu der Zeit, als König Olaf nur ein armer Seekönig war, als er bloß einige gute Schiffe besaß und einige getreue Kämpen, aber keinen Teil am Reiche seiner Väter hatte. Das war damals, als er mit Ehren auf fremden Meeren stritt, als er die Wikinger verfolgte und Kaufleute schützte und sein Schwert christlichen Fürsten lieh.

»Da träumte der König einmal, daß ein Fürst des Lichts, ein schöner Engel Gottes nachts zu seinem Schiffe hinabstieg und alle Segel hißte und gen Norden steuerte. Und es dünkte den König, daß sie nicht längere Zeit segelten als ein Stern braucht, um eines Morgens zu erlöschen, als sie zu einem hohen felsigen Strande kamen, von Fjorden durchbrochen und von milchweißer Brandung bespült. Aber als sie dem Strande nahten, streckte der Engel die Hand aus und sprach mit seiner Silberstimme, die das Lärmen des Windes in den Segeln übertönte und das wilde Brausen der Wellen, die der Kiel in schwindelnder Fahrt durchschnitt. »Du, König Olaf,« so lauteten die Worte des Engels, »sollst dieses Land für ewige Zeit besitzen.« Und wie er dies sagte, war der Traum zu Ende.«

Aber nun suchte Hjalte Astrid zu erklären, daß ebenso wie die Morgenröte den Übergang von der Nacht zum sonnenblanken Tage mildert, so auch Gott nicht gewollt hatte, daß König Olaf sogleich faßte, daß der Traum ihm übermenschliche Ehre kündete. Der König hatte nicht verstanden, daß es Gottes Wille war, daß er von einem der Throne des Himmels für ewige Zeit alles Land Norwegens regierte, daß Könige kommen und Könige gehen sollten, aber der heilige König Olaf immer sein Reich lenken würde.

»Des Königs Demut brach des Lichtes volle Klarheit,« sagte Hjalte, »und er deutete die Worte des Engels so, daß er und die Männer seines Geschlechts immer das Land beherrschen sollten, das der Engel ihm gezeigt hatte. Und da er in diesem Lande das Reich seiner Väter wiederzuerkennen glaubte, so steuerte er hin und, vom Glücke begünstigt, ward er bald dessen König.

»Und so, Astrid, ist es in allem. Wohl deutet alles darauf, daß eine himmlische Kraft König Olaf innewohnt, doch zögert er noch und denkt, daß er nur zu einem irdischen König berufen ist. Er greift noch nicht nach der Heiligenkrone. Aber jetzt ist die Stunde nicht fern, wo die volle Klarheit über seine Aufgabe über ihn kommen muß. Jetzt ist die Stunde nicht fern.«

Und der alte Hjalte sprach weiter, während Seherlicht in seiner Seele und auf seiner Stirne strahlte.

»Gibt es wohl außer Ingegerd ein Weib, das nicht von Olaf Haraldson verworfen und von seiner Seite verstoßen würde, wenn er aufsteht und des Engels Worte faßt, daß er Norwegens König für ewige Zeiten ist? Gibt es eine, die ihm da auf seiner hohen Wanderung folgen kann, mit Ausnahme von Ingegerd?«

Und noch einmal wendete Hjalte sich an Astrid und fragte mit großer Strenge: »Antworte nun und sage mir, ob du nicht die Wahrheit sprechen willst vor König Olaf?«

Astrid war ganz verschüchtert. Sie antwortete sehr demütig: »Warum willst du nicht mit mir nach Kungahälla? Dann bin ich gezwungen, alles zu offenbaren. Siehst du nicht, Hjalte, daß ich nicht weiß, was ich will? Ich würde ja das geloben, was du heischest, wenn mein Sinn darnach stände, den König zu betrügen. Ich würde dich verlocken, weiter zu reisen, wenn ich das wollte, aber ich bin schwach. Ich bitte dich ja nur, daß du mir das Geleit gibst.«

Aber kaum hatte sie das erwidert, als sie sah, wie sich in Hjaltes Antlitz ein furchtbarer Zorn malte. »Warum soll ich dir dazu verhelfen, deinem harten Schicksal zu entgehen?« fragte er.

Er sagte, daß er ihr nicht Barmherzigkeit zu beweisen brauchte. Er haßte sie wegen ihrer Sünde gegen die Schwester. Ingegerds war der Mann gewesen, den sie sich erlisten wollte, Diebin, die sie war. Ein gestählter Kämpe wie Hjalte mußte vor Schmerz stöhnen, wenn er bedachte, was Ingegerd gelitten. Aber Astrid hatte nichts gefühlt. Mitten in den Schmerz der edlen jungen Maid war sie mit grausamer Verschlagenheit gekommen und hatte nur ihre Freude gesucht. O, weh, Astrid! Weh ihr!

Astrid hörte Hjaltes Stimme zu so düsterer Wildheit hinabsinken, als murmelte er einen Zaubergesang.

»Du,« sagte er zu ihr, »du hast mein schönstes Gedicht verzerrt. Denn das schönste Gedicht, das der Skalde Hjalte gedichtet, war das, daß er die frommste der Frauen mit dem vortrefflichsten der Männer zusammensingen wollte. Aber du hast das Gedicht verzerrt und es in ein Narrenspiel verwandelt. Und ich werde dich strafen, du Abkömmling der Hölle! Ich werde dich strafen, so wie Gott Vater den Versucher strafte, der die Sünde in seine Welt brachte. Ich werde dich strafen.«

»Aber bitte mich nicht,« fuhr er fort, »daß ich dir, Weib, folgen soll, um dich vor dir selbst zu schützen. Ich denke an die Prinzessin, wie sie leidet durch dieses Spiel, das du mit König Olaf treibst. Um ihretwillen mußt du gestraft werden, wie um meinetwillen. Und ich werde nicht mit dir gehen, um dich zu verraten. Dies ist meine Rache, Astrid. Ich werde dich nicht verraten. Du sollst in Kungahälla einziehen, du, Astrid, und wenn du nicht von selbst sprichst, magst du des Königs Braut werden. Aber dann, du Schlange, wird die Strafe dich ereilen. So schwer wird dein Leben werden, daß du dir den Tod wünschest, jeden Tag.«

Als Hjalte dieses gesagt, wandte er sich von ihr und ging.

Astrid saß lange still da und dachte über das nach, was sie gehört hatte. Aber dann kam ein Lächeln und zog über ihr Antlitz. Er vergaß, der alte Hjalte, daß sie alle Leiden gekostet, daß sie gelernt hatte, zu Qualen zu lächeln. Aber das Glück, das Glück hatte sie nie gekostet!

Und Astrid erhob sich und trat in die Zeltöffnung. Sie sah des grimmen Hjalte Schiff gen Westen steuern. Und weit, weit in der

Ferne glaubte sie das nebelverhüllte Island zu sehen, das mit Hjalte und Finsternis seinen weitgereisten Sohn willkommen hieß.

III

Es ist ein sonnenblanker Tag im Herbste. Nicht die kleinste Wolke ist am Himmel. Es ist ein solcher Tag, an dem man denkt: die holde Sonne will der Erde alles Licht geben, das sie hat! Die holde Sonne, sie ist wie eine Mutter, deren Sohn fortreisen soll, und die nun in der Abschiedsstunde kein Auge von dem Geliebten verwenden mag.

In dem langen Tale, in dem Kungahälla liegt, erheben sich viele kleine, runde Hügelchen, die mit Buchenwald bekleidet sind. Und nun im Herbste haben die Bäume so prächtige Gewänder angelegt, daß man sich über sie verwundern muß. Es ist, als wollten die Bäume auf Freiersfahrt ausziehen. Es ist, als hätten sie sich in Gold und Scharlach gekleidet, um reiche Bräute zu gewinnen mit ihrer Herrlichkeit.

Die große Insel Hisingen am andern Ufer des Ülfs ist auch geschmückt. Aber auf Hisingen stehen weißgelbe Birken. Auf Hisingen stehen die Bäume hell gekleidet, als wären sie Mägdlein im bräutlichen Schmuck.

Aber den Fluß hinauf, der so stolz und ungestüm herab zum Meere stürzt, als hätte der Regen des Herbstes ihn mit brausendem Wein erfüllt, kommt Schiff auf Schiff der Heimat zugerudert. Und wenn die Schiffe in die Nähe von Kungahälla kommen, da werden ihre grauen Friessegel mit neuen, weißen vertauscht. Und man muß an Sagen von Königssöhnen denken, die in Bettlerlumpen auf Abenteuer ausziehen und sie abwerfen, sowie sie wieder in den hohen Königshof eintreten.

Aber alles Volk von Kungahälla ist unten an den Brücken versammelt. Alt und jung lädt Waren von den Schiffen ab. Sie füllen die Vorratshäuser mit Salz und Tran, mit kostbaren Waffen und schimmernden Geweben. Sie ziehen Fahrzeuge und Boote ans Land und fragen die Heimgekehrten nach ihrer Reise aus.

Aber plötzlich stockt alle Arbeit, und alle wenden die Blicke dem Ülf zu. Mitten zwischen den schweren Kauffahrteischiffen kommt ein großes Langschiff gerudert. Und das Volk wundert sich, wer es sein mag, der purpurgeränderte Segel hißt und ein goldenes Zeichen im Steven führt. Man möchte wohl wissen, was für ein Schiff das ist, das so leicht wie ein Vogel über die Wellen fliegt. Man preist feine Fährleute, die die Ruder so gleichmäßig führen, daß sie zu Seiten des Schiffes blitzen wie Adlerschwingen. »Es muß die schwedische Prinzessin sein, die kommt,« sagt man. »Die schöne Prinzeß Ingegerd muß es sein, die Olaf Haraldson den ganzen Sommer und Herbst hindurch erwartet hat.«

Und die Frauen eilen hinaus auf die Brücken, um die Prinzessin zu sehen, wie sie da der Königsbrücke zusteuert. Männer und Knaben springen hinaus auf die Schiffe und erklettern die Dächer der Bootshütten.

Als die Frauen die Prinzessin herrlich geschmückt auf dem Verdecke stehen sehen, fangen sie an, ihr zuzurufen und sie mit Willkommensworten zu grüßen. Und alle Männer, die ihr hold lächelndes Antlitz schauen, lüften die Mütze und schwenken sie hoch in die Luft.

Aber unten auf der Königsbrücke steht König Olaf selbst, und als er die Prinzessin sieht, strahlt sein Angesicht in Freude und seine Augen leuchten in sanfter Zärtlichkeit.

Und da es so spät im Jahre ist, daß alle Blumen dahin sind, pflücken die jungen Mädchen rotgelbes Herbstlaub von den Bäumen und streuen es auf die Brücke und die Straße. Und mit aller Hast eilen sie, die Hauswände mit glänzenden Vogelbeeren und dunkelroten Espenblättern zu verkleiden.

Die Prinzessin, die hoch auf ihrem Schiffe steht, sieht das Volk, das winkt und sie willkommen heißt, sie sieht das rotgelbe Laub, auf dem sie wandeln soll. Und ganz vorne auf der Brücke sieht sie den König, der ihr entgegenlächelt.

Und die Prinzessin vergißt all das, was sie sagen und beichten sollte. Sie vergißt, daß sie nicht Ingegerd ist. Sie vergißt alles, nur das nicht, daß sie Olaf Haraldsons Weib werden will.

*

Eines Sonntags saß Olaf Haraldson beim Mittagstische, und seine schöne Königin saß an seiner Seite. Er sprach eifrig mit ihr, stützte den Ellenbogen auf den Tisch und wendete sich so, daß er ihr Antlitz sehen konnte.

Aber als Astrid sprach, senkte der König den Blick, um nur an den Liebreiz ihrer Stimme zu denken, und als sie lange sprach, begann er, ohne daran zu denken, mit dem Messer an der Tischplatte zu schnitzen.

Alle Mannen König Olafs wußten, daß er dies nicht getan haben würde, wenn er sich erinnert hätte, daß es Sonntag war. Aber sie hatten zu viel Ehrfurcht vor dem König, als daß sie gewagt hätten, ihn daran zu erinnern.

Je länger Astrid sprach, desto unruhiger wurden die Kämpen. Die Königin sah wohl, daß sie verwunderte Blicke miteinander tauschten, aber sie wußte nicht, was die Ursache war.

Alle hatten aufgehört zu essen, und die Speisen waren fortgetragen, aber König Olaf saß noch immer still da, sprach mit Astrid und schnitt an der Tischplatte. Ein ganzer Haufe kleiner Späne lag vor ihm.

Da sprach endlich sein Freund Björn, Sohn des Ogur auf der Seehundsinsel: »Welchen Tag haben wir morgen, Eilif?« fragte er und wandte sich an einen Knappen.

»Morgen haben wir Montag.« antwortete Eilif mit hoher, klarer Stimme.

Da erhob der König sein Haupt und sah Eilif an. »Sagst du, daß morgen Montag ist?« frug er nachdenklich.

Ohne ein weiteres Wort sammelte er alle Späne, die er aus dem Tische geschnitten, in seiner Hand, ging zum Herde, nahm eine Feuerkohle hervor und legte sie auf die Späne, die allsogleich Feuer fingen.

Der König stand stille und ließ sie in seiner Hand zu Asche brennen. Da freuten sich alle Kämpen, aber die junge Königin wurde blaß wie eine Leiche.

Wie wird er mich richten, wenn er einstmals meine Sünde erfährt, dachte sie, er, der selbst so zarten Sinnes auch das geringste Vergehen meidet.

*

Acke von Gårdarike lag krank auf seiner Schute im Hafen von Kungahälla. Er lag unten in dem engen Schiffsraum und erwartete den Tod. Er hatte lange Zeit schlimme Schmerzen in seinem Fuße gehabt, es war nun eine offene Wunde geworden, in den letzten Stunden hatte der Fuß begonnen, schwarz zu werden. »Du mußt nicht sterben, Acke,« sagte Ludolf von Kungahälla, der in den Schiffsraum herabgekommen war, um nach Acke zu sehen. »Weißt du nicht, daß König Olaf in der Stadt ist und daß Gott ihm große Kräfte gegeben um seines heiligen Lebenswandels und seiner Frömmigkeit willen? Laß ihn bitten, daß er zu dir kommt und dir seine Hand auflegt, dann bleibst du am Leben!«

»Nein, ich kann nicht Hilfe von ihm begehren,« sagte Acke. »Olaf Haraldson haßt mich, weil ich seinen Pflegebruder totgeschlagen, Reor, den Weißen. Wenn er wüßte, daß ich mit meinem Schiffe hier im Hafen liege, er würde mich töten.«

Aber als Ludolf Acke verließ und hinauf auf die Straße kam, begegnete er der jungen Königin, die im Walde gewesen war und Nüsse gepflückt hatte.

»Königin,« rief Rudolf ihr zu, »sage König Olaf dieses: Acke von Gårdarike, der deinen Pflegebruder getötet, liegt auf den Tod in seiner Schute hier im Hafen.«

Die schöne Königin eilte heim und ging zu König Olaf, der im Hofe stand und sein Pferd wartete.

»Freue dich, König Olaf!« sagte sie. »Acke von Gårdarike, der deinen Pflegebruder getötet, liegt krank auf seiner Schute hier im Hafen, dem Tode nahe.«

Olaf Haraldson führte eilig das Pferd in den Stall. Dann ging er ohne Schwert und ohne Helm hinaus auf die Straße. Er eilte rasch zwischen den Häusern durch, bis er hinab zum Hafen kam. Dann suchte er die Schute, welche Acke gehörte. Der König stand unten im Schiffsraume bei dem Kranken, bevor seine Mannen daran denken konnten, ihn zu hindern.

»Acke,« sagte König Olaf, »gar manchesmal habe ich draußen auf dem Meere Jagd auf dich gemacht, und du bist mir immer entkommen. Nun bist du hier in meiner Stadt von Siechtum ereilt worden. Das ist mir ein Zeichen, daß Gott dein Leben in meine Hand gegeben.«

Acke antwortete nicht. Er war ganz machtlos, der Tod war ihm sehr nahe. Olaf Haraldson legte die Hände auf seine Brust und betete zu Gott. »Gib mir dieses meines Feindes Leben,« sagte er.

Aber die Königin, die den König ohne Helm und Schwert zum Hafen hatte eilen sehen, war in den Königshof gegangen, hatte seine Waffen geholt und einige seiner Mannen gerufen. Sie kam ihm nun auf das Schiff nach.

Aber als sie vor dem engen Schiffsraum stand, hörte sie König Olaf für den Kranken beten.

Astrid blickte zum König und zu Acke hinein, ohne zu verraten, daß sie da war. Sie sah, wie, während des Königs Hände auf Stirn und Brust des Sterbenden ruhten, die Todesblässe aus seinem Antlitz verschwand, er begann leicht und still zu atmen, er hörte auf zu stöhnen und endlich versank er in süßen Schlummer.

Astrid ging sachte zurück, dem Königshofe zu. Schwer schleppte sie des Königs Schwert über die Straße. Ihr Antlitz war fahler, als das des Sterbenden jüngst gewesen. Ihre Atemzüge waren so schwer wie Todesröcheln.

*

Es war am Morgen des Allerheiligentages, und König Olaf stand im Begriff, zur Messe zu gehen. Er kam aus dem Königshause und schritt über den Hof dem Tore zu. Mehrere Mannen standen draußen auf dem Hofe, um den König in die Messe zu begleiten. Als er nun kam, stellten sie sich in zwei Reihen auf, und der König ging zwischen ihnen durch.

Astrid stand oben auf dem schmalen Gang vor der Frauenkemenate und blickte auf den König herab. Er trug einen breiten Goldreif ums Haupt und war in einen langen Mantel aus rotem Samt gekleidet. Er ging sehr stille, Feiertagsfriede lag auf seinem Antlitz. Astrid erschrak, als sie sah, wie sehr er Gottes heiligen Männern und Königen glich, die in Holz geschnitzt über dem Altar der Marienkirche thronten.

Ganz unten am Tore stand ein Mann im Schlapphut, einen großen Mantel um die Schultern geworfen. Als der König sich ihm näherte, ließ er den Mantel fallen, zückte ein bloßes Schwert, das er darunter verborgen, hoch in die Luft und stürzte sich auf den König. Aber als er ganz nahe kam, fiel König Olafs Blick hell und milde auf ihn, und er hielt in seinem Laufe inne. Er ließ das Schwert zu Boden fallen und sank auf die Kniee.

König Olaf stand stille und sah den Mann mit demselben klaren Blicke an, und der Mann versuchte, die Augen von ihm zu wenden, aber er konnte nicht. Endlich begann er zu schluchzen und zu weinen.

»O, König Olaf, König Olaf,« klagte er, »deine Feinde sandten mich her, um dich zu töten, aber als ich deines Angesichts Heiligkeit sah, fiel das Schwert aus meiner Hand. Deine Augen, König Olaf, haben mich zu Boden gestreckt.«

Astrid sank auf die Knie, wie sie da auf dem Söller stand. »O Gott, hab' Erbarmen mit mir Sünderin,« sagte sie. »weh mir, weh mir, weh mir, daß ich mit Lüge und List dieses Mannes Weib geworden.«

IV

Am Abend des Allerheiligentages war klarer Mondenschein. Der König war rings um den Hof gegangen und hatte einen Blick in den Stall und den Viehhof geworfen, um nachzusehen, ob alles in Ordnung war, und er war auch in den Hütten gewesen, wo Leibeigene und Dienstleute wohnten und hatte gesehen, daß sie gut verpflegt wurden. Als er wieder zum Königshofe zurückkehrte, sah er, wie ein Weib mit schwarzer Kapuze über dem Kopfe sich hinab zum Hoftor schlich.

Er glaubte sie zu erkennen und folgte daher ihren Schritten. Sie ging durch das Tor, kreuzte den Marktplatz und huschte durch die engen Gäßchen zum Ülf hinab.

Olaf Haraldson folgte ihr, so leise er konnte. Er sah sie auf eine der hohen Brücken hinausgehen, dort stehen bleiben und hinab ins Wasser blicken. Gleich darauf streckte sie die Arme empor und ging, schwer seufzend, so weit auf der Brücke vor, daß der König deutlich sah, daß sie sich in den Ülf stürzen wollte.

Der König näherte sich ihr mit Schritten, die er in vielen Gefahren gelernt, unhörbar zu machen. Zweimal schon hatte die Frau den Fuß erhoben, um den Sprung ins Wasser zu tun, doch stets hatte sie sich wieder zurückgehalten. Bevor sie noch einen neuen Versuch machen konnte, hatte Olaf Haraldson den Arm um ihren Leib gelegt und sie von der Brücke zurückgerissen.

»Du Unglückliche,« sagte er zu ihr, »du willst das tun, was Gott verboten hat.«

Als die Frau seine Stimme hörte, schlug sie beide Hände vors Gesicht, wie um es zu verbergen. Aber König Olaf wußte, wer sie war. Das Rauschen ihrer Kleider, die Form ihres Kopfes, der Glanz der Ringe um ihre Arme hatte ihm schon gesagt, daß es die Königin war.

Im ersten Augenblick hatte Astrid gekämpft, um sich frei zu machen, aber dann wurde sie plötzlich stille und versuchte dem König den Glauben, daß sie sich hatte töten wollen, zu rauben.

»O, König Olaf, warum schleichst du dich so über eine arme Frau, die zum Flusse hinabgegangen, um zu sehen, wie sich der Mond im Wasser spiegelt? Was soll ich von dir denken?«

Astrids Stimme klang ruhig und scherzend. Der König stand schweigend. »Du hättest mich so erschrecken können, daß ich in den Fluß gestürzt wäre,« sagte Astrid. »Glaubst du vielleicht, daß ich mich ertränken wollte?« Der König antwortete: »Ich weiß nicht, was ich glauben soll. Gott wird mich erleuchten.«

Astrid lachte laut auf und küßte ihn. »Tötet man sich, wenn man glücklich ist, wie ich? Tötet man sich im Paradiese?«

»Ich verstehe es nicht,« sagte König Olaf in seiner stillen Weise. »Gott wird mich erleuchten. Er wird mir sagen, ob ich schuld daran bin, daß du eine so große Sünde begehen wolltest.«

Astrid kam nun auf ihn zu und streichelte sein Antlitz. Die Ehrfurcht, die sie stets für König Olaf empfunden, hatte sie bis jetzt abgehalten, ihm die ganze Zärtlichkeit ihrer Liebe zu zeigen. Nun schloß sie ihn mit einem Male leidenschaftlich in ihre Arme und küßte ihn unzählige Male, dann begann sie mit einer Stimme zu sprechen, die süß und zwitschernd war.

»Höre nun, wie stark meine Liebe zu dir ist,« sagte sie. Sie vermochte König Olaf, auf einem umgestülpten Boote Platz zu nehmen. Sie selbst kniete zu seinen Füßen.

»König Olaf,« sagte sie, »ich will nicht länger Königin sein. Wer jemanden so lieb hat, wie ich dich, kann nicht Königin sein. Ich wollte, du zögest tief in den Wald und ließest mich deine Magd sein. Da könnte ich dir dienen, jeglichen Tag. Da würde ich dein Essen bereiten, dein Lager betten und deine Hütte bewachen, wenn du schläfst. Niemand außer mir dürfte dir dienen. Wenn du abends von der Jagd heimkämest, würde ich dir entgegengehen und mich vor dir auf dem Wege auf die Knie werfen und sagen: König Olaf, mein Leben ist dein!

Und du würdest lächeln und deine Lanze auf meine Brust senken und sagen: Ja, dein Leben ist mein. Du hast nicht Vater, nicht Mutter, du bist mein, und in meiner Hand ist dein Leben.«

Als Astrid dieses sagte, nahm sie spielend König Olafs Schwert aus der Scheide. Sie drückte den Griff in König Olafs Hand, doch die Spitze führte sie hinab, gegen ihr Herz.

»Sage nun dies zu mir, König Olaf,« sagte sie, »so, als wenn wir einsam im Walde gingen und ich deine Magd wäre. Sage dies: dein Leben ist mein.«

»Dein Leben ist Gottes,« sagte der König.

Astrid lachte leicht. »Mein Leben ist dein,« wiederholte sie mit großer Zärtlichkeit in der Stimme, und in demselben Augenblick fühlte König Olaf, daß sie das Schwert hinab auf ihre Brust drückte.

Aber der König hielt sein Schwert mit stetiger Hand, selbst im Spiele. Er raffte es an sich, bevor es Astrid gelungen war, sich etwas zuleide zu tun.

Und er sprang auf. Zum ersten Male in seinem Leben war er so erschrocken, daß er zitterte. Die Königin hatte durch seine Hand sterben wollen, und es war nahe daran gewesen, daß sie ihren Willen durchsetzte.

Aber im selben Augenblick kam ein Gedanke der Eingebung über ihn, so daß er begriff, worin ihre Verzweiflung begründet war. Sie hat sich vergangen, dachte er. Sie hat eine Sünde auf dem Gewissen. Er beugte sich über Astrid. »Sage, was du verbrochen hast,« sagte er. Astrid hatte sich in verzweifeltem Weinen auf die groben Planken der Brücke geworfen.

So weint keine Schuldfreie, dachte der König. Aber wie kann die edle Königstochter eine so schwere Angst auf sich herabbeschworen haben? fragte er sich. Wie kann der hohen Ingegerd Gewissen mit einem Verbrechen belastet sein?

»Ingegerd, sage mir, worin hast du gefehlt?« fragte er aufs neue. Aber Astrids Kehle wurde von Schluchzen zusammengeschnürt, und sie konnte nicht antworten. Anstatt dessen streifte sie die glimmenden Ringe und Armspangen ab und reichte sie mit abgewandtem Antlitz dem Könige hin.

Der König dachte bloß, wie wenig all dies der frommen Königstochter glich, von der Hjalte gesprochen. Ist das Hjaltes Ingegerd, die hier zu meinen Füßen schluchzt? dachte er.

Er beugte sich hinab und faßte Astrid an den Schultern. »Wer bist du, wer bist du?« sagte er und schüttelte ihren Arm. »Ich sehe, daß du nicht Ingegerd bist. Wer bist du?«

Noch immer schluchzte Astrid so, daß sie nicht antworten konnte. Aber um dem König Klarheit über das zu geben, was er zu wissen verlangte, ließ sie ihr langes Haar herab und schlang eine Locke davon um ihre Arme, streckte sie gegen den König aus und saß dann wartend da mit gebeugtem Rücken und gesenktem Haupte.

Der König dachte: Sie will bekennen, daß sie eine von denen ist, die Fesseln tragen. Sie will mir sagen, daß sie eine Magd ist.

Wieder kam eine Eingebung über König Olaf, die ihn den Zusammenhang begreifen ließ.

»Hat nicht der Sveakönig eine Tochter, die das Kind einer Magd ist?« fragte er plötzlich.

Er hörte kein Wort von Astrid, nur stets zunehmendes Wimmern.

»Hat der Sveakönig,« fragte nun König Olaf, »mir nicht das Kind seiner Königin gegönnt, sondern das der Magd zu mir geschickt?«

Auch jetzt bekam er keine Antwort, aber er hörte Astrid beben und zähneklappern, wie vor Kälte.

König Olaf tat noch eine Frage: »Hast du, die ich zu meiner Gattin gemacht,« sagte er, »hast du so schimpflichen Sinn, daß man dich dazu gebrauchen kann, die Ehre eines Mannes herabzusetzen? Bist du so niedrig, daß du dich darüber freutest, daß seine Feinde den Betrogenen verlachen würden?«

Astrid hörte an der Stimme des Königs, wie bitter er durch den Schimpf litt, der ihm zugefügt war. Sie vergaß darüber ihr eigenes Leid und hörte auf zu weinen: »Nimm mein Leben,« sagte sie.

Und König Olaf empfand eine schwere Versuchung. Stich die elende Magd tot, sagte der alte, sündige Mensch in ihm. Zeige dem Sveakönig, was es kostet, mit Norwegens König seinen Spott zu treiben!

Olaf Haraldson fühlte in diesem Augenblicke keine Liebe zu Astrid. Er haßte sie, weil sie ein Werkzeug seiner Demütigung war. Er wußte, daß alle ihn loben würden, wenn er Böses mit Bösem vergalt. Aber wenn er die Beleidigung nicht bestrafte, dann würden die Skalden ihn zum Gespött machen und seine Feinde aufhören, ihn zu fürchten.

Er hatte nur eine Sehnsucht: Astrid niederzustoßen, ihr Leben auszulöschen. Sein Zorn war ein solcher, daß er Blut begehrte.

Wenn nun ein Narr gewagt hätte zu kommen und ihm seine Schellenkappe aufs Haupt zu drücken, würde er sie dann nicht in Stücke reißen, sie auf den Boden schleudern und sie zertreten?

Wenn er Astrid als blutige Leiche auf ihr Schiff legte und sie ihrem Vater zurücksandte, würde man dann nicht von König Olaf sagen daß er ein würdiger Sprosse des großen Königs Harald Hårfager war?

Aber König Olaf hielt noch sein Schwert in der Hand, und unter seinen Fingern fühlte er den Griff, in dessen Gold er einmal hatte einritzen lassen: »Selig sind die Friedfertigen! Selig sind die Demütigen! Selig sind die Barmherzigen!« Und jedesmal, wenn er in der Angst der Stunde das Schwert hart umklammerte, um Astrid niederzustoßen, fühlte er diese Worte unter seiner Hand. Er glaubte jeden Buchstaben zu spüren.

Er entsann sich des Tages, an dem er zum ersten Male diese Worte gehört. »Dies soll mit goldenen Buchstaben auf dem Griff meines Schwertes stehen,« hatte er gesagt, »so daß die Worte die Hand brennen mögen, wenn ich mein Schwert mit heftigem Mute führen will oder für eine ungerechte Sache.«

Nun fühlte er, wie der Schwertgriff seine Hand brannte.

König Olaf sagte laut zu sich selbst: »Ehedem bist du vieler Gelüste Diener gewesen. Nun hast du nur einen Herrn, und das ist Gott.«

Mit diesen Worten steckte er das Schwert in die Scheide. Und er begann auf der Brücke auf und ab zu gehen. Astrid lag noch immer in derselben Stellung. König Olaf sah, wie sie sich in Todesfurcht zusammenduckte, jedesmal, wenn er an ihr vorbeiging.

»Ich werde dich nicht töten,« sagte er zu Astrid, aber seine Stimme klang hart vor Haß.

Noch eine Weile ging König Olaf auf der Brücke auf und nieder. Dann kam er auf Astrid zu und fragte mit derselben harten Stimme nach ihrem wirklichen Namen, und darauf konnte sie antworten.

König Olaf sah nun, wie dieses Weib, das er am höchsten geschätzt, auf der Brücke lag, wie ein zu schanden geschossenes Tier. Er sah auf sie herab, so wie eines toten Mannes Geist in Mitleid auf den armen Leib herabsieht, der ihn früher beherbergte.

»O, du meine Seele,« sagte König Olaf, »dahier hast du gewohnt in deiner Liebe, nun bist du so heimatlos, wie ein Bettler.«

Er kam Astrid näher und sprach, als hätte diese kein Leben mehr und könnte das nicht hören, was er sagte.

»Man hatte mir gesagt, daß es eine Königstochter gab, deren Herz so hoch und heilig war, daß sie jeglichem Frieden schenkte, der in ihre Nähe kam. Man hatte mit mir von ihrer Sanftmut gesprochen, die eine solche war, daß der, welcher ihrer ansichtig wurde, sich geborgen fühlte wie ein schutzloses Kind bei seiner Mutter. Und als dieses schöne Weib, das nun hier liegt, zu mir kam, da glaubte ich, sie wäre Ingegerd und sie wurde mir sehr teuer. Sie war hold und fröhlich, und sie machte meine schweren Stunden leicht, wenn sie auch zuweilen so sprach und handelte, daß es mich bei der stolzen Ingegerd wunder nahm, war sie mir doch allzu teuer, als daß ich an ihr hätte zweifeln können. Sie schlich sich in meinen Sinn mit ihrer Freude und mit ihrer Schönheit.«

Er schwieg eine Weile und dachte daran, wie lieb Astrid ihm gewesen und wie mit ihr das Glück in sein Haus gezogen.

»Ich könnte ihr verzeihen,« sagte er dann laut. »Ich könnte sie wieder zu meiner Königin machen, ich könnte sie in Liebe auf meinen Armen emporheben, aber das darf ich nicht tun, denn meine Seele würde doch heimatlos bleiben.« »O, du schönes Weib,« sagte er, »warum ist die Lüge in dir eingenistet? Bei dir keine Sicherheit, keine Traulichkeit!«

Er wäre noch länger mit seinen Klagen fortgefahren, aber nun erhob sich Astrid. »König Olaf, sprich nicht so zu mir,« sagte sie. »Ich will lieber sterben. Vergiß nicht, daß dies mein Ernst ist.«

Darauf versuchte sie einige Worte zu sagen, um sich zu entschuldigen. Sie sagte ihm, wie sie nach Kungahälla gefahren, nicht in der Absicht, ihn zu betrügen, sondern um ein paar Wochen hindurch Fürstin zu sein, um bedient zu werden, um auf dem Meere zu segeln. Aber sie gedachte zu gestehen, wer sie war, sobald sie Kungahälla erreicht hatte. Dort erwartete sie, Hjalte zu finden und andere Mannen, die Ingegerd kannten. Es fiel ihr nicht ein, daß sie würde heucheln können, nachdem sie hingekommen war. Aber wie durch eine böse Macht waren alle fort, die Ingegerd kannten, und da war sie zur Lüge verlockt worden. »Als ich dich sah, König Olaf,« sagte sie, »vergaß ich alles andere, um dein zu werden. Und ich dachte, daß ich mich mit Freuden töten lassen wollte, wenn ich nur für einen Tag dein Weib gewesen war.«

König Olaf antwortete ihr: »Wohl verstehe ich, daß das ein Spiel für dich bedeutete, was für mich todesschwerer Ernst war. Nie hast du bedacht, was es war, zu kommen und zu einem Manne zu sagen:

Ich bin die, die du am heißesten begehrt. Ich bin die hochgeborene Jungfrau, die zu gewinnen der größte Ruhm ist. – Und nun bist du nicht dieses Weib, du bist eine lügenhafte Magd.«

»Ich habe dich lieb gehabt, seit ich deinen Namen nennen hörte,« sagte Astrid stille.

Der König ballte seine Hand ingrimmig gegen sie. »Wisse es, Astrid, nach Ingegerd habe ich mich gesehnt, so wie kein Mann sich nach einem Weibe sehnte. An ihr wollte ich mich festhalten, so wie die Seele des Toten an den tragenden Engeln, um emporzusteigen. Ich glaubte, sie sei so fromm, daß sie mir helfen würde, ein schuldfreies Leben zu leben.«

Und er brach in wilde Sehnsucht aus, und er sprach davon, daß er nach der Gewalt schmachtete, die die Heiligen des Herrn besaßen, aber daß er zu schwach und zu sündig war, um die Vollkommenheit zu erreichen. »Aber die Königstochter würde mir geholfen haben,« sagte er, »sie, die heilig Holde würde mir geholfen haben.«

»O Gott,« sagte er, »wohin ich mich auch wende, sehe ich Sünder, wo ich gehe, begegne ich solchen, die mich zur Sünde verlocken. Warum ließest du nicht die Königstochter kommen, die keinen bösen Gedanken in ihrem Herzen trägt? Ihre milden Augen hätten den rechten Weg für mich erspäht. Sowie ich gegen dein Gebot hätte handeln wollen, würde ihre milde Hand mich zurückgehalten haben.«

Eine tiefe Ohnmacht und die Müdigkeit der Verzweiflung senkte sich über Olaf Haraldson. »Das war es, worauf ich gehofft hatte,« sagte er, »einen guten Menschen an meiner Seite zu haben. Nicht beständig einsam unter Wildheit und Arglist zu wandern! Nun fühle ich, daß ich unterliegen werde. Ich vermag es nicht länger zu streiten.«

»Habe ich nicht Gott gefragt,« rief er aus, »welchen Platz ich vor ihm habe? Wozu hast du, Herr der Seelen, mich erkoren? Ist es mir beschieden, der Apostel und Märtyrer Gleichen zu werden?«

»Aber nun, Astrid, brauche ich nicht mehr zu fragen. Gott hat mir nicht die Frau schenken wollen, die mir beistehen sollte auf meiner Wanderung. Nun weiß ich, daß ich niemals die Heiligenkrone erringen werde.«

Und der König schwieg in trostloser Verzweiflung.

Da trat Astrid näher zu ihm heran.

»König Olaf,« sagte sie, »das, was du nun sagst, haben mir sowohl die Prinzessin wie Hjalte schon längst gesagt, aber ich wollte nicht glauben, daß du etwas anderes seist als ein guter, tapferer Held und ein edler König. Erst seit ich in diesen Wochen unter deinem Dache gelebt habe, hat meine Seele angefangen, dich zu fürchten. Ich habe gefühlt, daß es schlimmer ist als der Tod, mit einer Lüge auf der Zunge vor dich hinzutreten.«

»Nie hat etwas mich so erschreckt,« fuhr Astrid fort, »als da ich begriff, daß du ein Heiliger bist, als ich dich die Späne in deiner Hand verbrennen sah, als ich gewahrte, daß die Krankheit auf dein Geheiß floh und daß das Schwert aus deines Feindes Hand fiel, sowie er dir gegenübertrat. Es hat mich zu Tode erschreckt, daß du ein heiliger Mann bist. Und ich beschloß zu sterben, bevor du wußtest, daß ich dich betrogen.«

König Olaf antwortete nicht. Astrid sah zu ihm auf. Seine Augen waren zum Himmel gewendet. Sie wußte nicht, ob er sie hörte.

»O, diesen Augenblick, den wir nun erleben,« sagte sie, »den habe ich gefürchtet, jeden Tag und jede Stunde, seit ich herkam. Lieber wollte ich sterben, als ihn erleben.«

Noch immer schwieg Olaf Haraldson.

»König Olaf,« sagte sie, »ich wollte etwas für dich tun, dir mein Leben geben. Ich wollte mich in den grauen Ülf stürzen, auf daß du keine Lügnerin an deiner Seite haben mögest. Je mehr ich von deiner Heiligkeit sah, desto deutlicher erkannte ich, daß ich von dir gehen mußte. Ein Heiliger Gottes konnte keine lügnerische Magd zum Weibe haben.«

Noch immer schwieg der König, aber nun erhob Astrid die Augen zu seinem Angesicht und sie rief:

»König Olaf, dein Antlitz strahlt!«

Während Astrid sprach, war es König Olaf, als wären seine Augen einer Erscheinung geöffnet.

Alle Sterne des Firmamentes sah er ihre Plätze verlassen und um den Himmel fliegen, wie schwärmende Bienen. Aber plötzlich hatten sie sich alle über seinem Haupte vereint und eine glanzumflossene Krone gebildet.

»Astrid,« sagte er mit bebender Stimme. »Gott hat zu mir gesprochen. Es ist so wie du sagst. Ich soll Gottes Heiliger werden.«

Seine Stimme zitterte vor Rührung und sein Antlitz leuchtete in die Nacht.

Aber als Astrid das Licht sah, das sein Haupt umstrahlte, erhob sie sich. Die letzte Hoffnung war für sie erloschen.

»Nun will ich gehen,« sagte sie. »Nun weißt du, wer du bist, niemals kannst du mich mehr an deiner Seite dulden. Aber denke meiner in Milde. Ohne Glück und Freude lebte ich all mein Leben. Denke, ich bin geschlagen worden, ich bin in Lumpen gegangen. Verzeih mir, wenn ich fort bin. Meine Liebe hat dir nicht geschadet!«

Als Astrid in schwerer Verzweiflung über die Brücke fortschritt, erwachte Olaf Haraldson aus seiner Verzückung. Er eilte ihr nach.

»Warum willst du gehen?« sagte er. »Warum willst du gehen?«

»Muß ich nicht gehen, jetzt, wo du ein Heiliger bist?« flüsterte sie kaum hörbar.

»Nimmer sollst du um dessentwillen gehen, gerade jetzt dünkt es mich, daß du bleiben kannst,« sagte König Olaf. »Ein geringer Mann war ich zuvor und mußte zittern vor allem Bösen. Ein armer, irdischer König war ich, zu arm, um dir meine Gnade zu schenken. Doch nun ist mir des Himmels Kraft gegeben. Wenn du schwach bist, so bin ich stark durch den Herrn. Wenn du fällst, so kann ich dich aufrichten. Gott wird mich schirmen, Astrid, du kannst mir nicht schaden, aber ich kann dir beistehen. – Ach, wie ich spreche! In dieser Stunde hat Gott so überreich seine Liebe in mein Herz ergossen, daß ich nicht weiß, ob du gefehlt hast.«

Und in großer Milde hob er die bebende Gestalt empor, und sie, die noch immer schluchzte und sich kaum aufrecht halten konnte, zärtlich stützend, kehrte er mit Astrid zurück in den Königshof.

Margareta Fredkulla

So ging es zu, als Margareta Fredkulla, die nach Norwegen reiten sollte, um sich mit dem König Magnus Barfot zu vermählen, in das Storgårddorf in Westgotland kam, das am südlichen Alfufer liegt, ein Stück oberhalb von Kungahälla.

Zuerst von allen hatten die beiden alten Mütterchen Karin Wullum und Valborg Toot, die oben im großen Walde gewesen waren, um Moos zu sammeln, einen Schimmer der Prinzessin, von einer hohen Bergspitze aus, zu sehen bekommen. Sie warfen allsogleich die Last, die sie trugen, ab und stürzten hinunter ins Dorf, um zu erzählen, daß etwas Helles und Holdes weit weg über den Waldweg ritt, daß schöne Menschen unter den Bäumen einherzogen. Aber niemand, der sie hörte, wollte ihnen Glauben schenken. »Wehe euren trüben Augen!« rief man ihnen zu. »Das kann keine Prinzessin gewesen sein, das war sicherlich nichts anderes als der Moornebel, der unter den roten Fichtenstämmen tanzte.«

Gleich nach den alten Weiblein kam Rasmus, der Köhlerjunge, gelaufen. Die Augen leuchteten in seinem Gesicht, und er war so atemlos, als er ins Dorf kam, daß er kaum zu sprechen vermochte. Aber sobald er Worte hervorbringen konnte, begann er überlaut zu rufen: »Freuet euch! Die Prinzessin kommt! Ich habe die Holde gemach unter den Bäumen reiten sehen. Freuet euch!«

Rasmus, der Köhlerjunge, hatte auf dem dreieckigen Platze mitten im Dorfe Halt gemacht, da, wo drei Wege sich begegnen. Ein paar Bauern standen da und flüsterten miteinander davon, daß der Krieg mit Norwegen bald aufs neue ausbrechen sollte, und als sie Rasmus hörten, glaubten sie, er wollte seinen Spott mit ihrem Unglück treiben. »Bärenjunges,« sagten sie und drohten ihm mit den Fäusten, »schweig, wenn dir dein Leben lieb ist! Kein Wort mehr davon, du Wechselbalg!«

Aber Rasmus, der Köhlerjunge, war nicht so leicht zum Schweigen zu bringen. Er begann noch einmal mit seinem Sprüchlein: »Die Prinzessin kommt. Die stummen Vögel des Fichtenwaldes hörte ich zwitschern, um sie zu grüßen. Wo sie einerzog, schwang sich das Eichhörnchen aus den Baumwipfeln herab und saß stille auf dem untersten Zweig, den Schwanz aufrecht in die Höhe und mit Augen wie Feuerkohlen. Und der Auerhahn flog zwischen den Bäumen auf, knatternd wie Donner.«

Als er dies gesagt hatte, stürzte Per, der Schmied, vor und nahm Rasmus, den Köhlerjungen, beim Ohr. »Die Prinzessin,« zischte er ihn an, »du sagst, daß du die Prinzessin gesehen hast! Es war ein Geist, verstehst du, ein schöner Waldgeist. Die Prinzessin kommt nicht. Gott erbarme sich, die Prinzessin kommt nicht!«

Aber obgleich niemand das Gerücht glauben wollte, lief es im Augenblick durchs ganze Dorf, und Leute kamen von allen Seiten hinab auf den Platz, um zu hören, was der Knabe zu sagen hatte. Das Storgårddorf war während des Krieges der früheren Jahre zum größten Teile verbrannt worden und bestand nun zumeist aus schwarzen Brandplätzen, auf denen man aus Furcht vor dem Kriege nicht gewagt hatte, neue Häuser zu errichten. Aber aus Kellern und elenden Erdlöchern, in denen die Menschen hausten, kamen sie herangeschlichen, abgezehrt und in Lumpen. Sie gingen sehr still und trauten sich kaum recht, zu Rasmus, dem Köhlerjungen, hinzutreten, so, als wagten sie es nicht, seine Botschaft zu hören.

Aber als Per, der Schmied, sah, daß ihrer immer mehr kamen, kniff er den Jungen so hart ins Ohr, daß er jammerte. Gleichzeitig versuchte der Schmied mit klugen Worten den Knaben zu überreden, daß er schwieg. »Du sollst keinen Scherz mit uns armen Bauern treiben, die im Grenzland leben, in diesen schlimmen Zeiten, wo die Könige des Nordens den Frieden nicht halten,« sagte er. »Wir sind Schafe, die von der Herde getrennt sind. Wir sind von Bären gejagt, wir sind in Abgründe gestürzt. Jeden Tag und jede Stunde blicken wir dem Tod ins grimmige Antlitz.«

Während der Schmied sprach, kamen immer mehr und mehr Bauern zur Stelle. Da kam einer mit Namen Hallvard, der am vorigen Tage so gewiß gewesen war, daß der Krieg von neuem beginnen würde, daß er seine Schatzkiste hinaus auf die Heerstraße gestellt und alle Vorübergehenden gebeten hatte, daraus zu nehmen, was sie wollten. Und da kamen die Leute aus dem Westerhof, die all ihr Erbgut in Bier und Essen verwandelt hatten und den Krieg erwarteten, indes sie sich in Sünden wälzten, und zum Schlusse kamen die Menschen von einem kleinen Hofe ganz am Ende des

Dorfes, die sich jüngst daran gemacht hatten, selbst all ihr Heu zu verbrennen und ihr Vieh zu schlachten, damit die Norweger keinen Nutzen davon haben sollten.

Als der Schmied all diese Menschen kommen sah, noch immer stumm und still, aber mit Augen, in denen der Wahnsinn brannte, da erschrak er vor dem, was sie tun konnten, wenn sie jetzt genarrt wurden, auf Frieden zu hoffen. »Begreifst du nicht, daß es die Waldelfe war?« sagte er wieder zu Rasmus und sprach laut, damit alle ihn hören sollten. »Die geht dort oben im Walde um und lächelt und winkt und verdreht euch Köhlern den Kopf. Das kannst du wohl denken, daß die Waldelfe weiß, daß König Inge eine Friedensverhandlung mit dem norwegischen König Magnus im vorigen Sommer zu Kungahälla abhielt. Sie weiß wohl, daß da bestimmt wurde, daß der Friede solchermaßen befestigt werden sollte, daß König Inges Tochter nach Norwegen kommen und sich mit König Magnus vermählen müsse. Und da die Waldelfe sich nun denken kann, daß wir alle einhergehen und nach der Friedensjungfrau spähen und ausgucken, so verzaubert sie unsere Augen und zeigt sich in der Gestalt einer Prinzessin. Solchen Schabernack spielt das Trollpack nur zu gerne.«

Rasmus, der Köhlerjunge, stand stille und hörte Per, dem Schmied, ganz fromm zu, so daß dieser glaubte, er hätte den Knaben überzeugt, und ihn los ließ. Aber kaum war Rasmus befreit, als er auch schon noch lauter als früher zu schreien begann: »Die Prinzessin kommt, ich habe die Prinzessin gesehen!«

Und damit man ihm glaubte, hub er an, von der Krone zu erzählen, die gleich einer Blume mit Perlentau war, und von der Satteldecke, die so prächtig leuchtete wie der rote Fliegenpilz.

Aber da trat das alte Mütterchen Sigrid Torsdotter aus dem Haufen. Sie schwang ihren Stock hoch in die Luft und begann zu rufen: »Wer ist es, der sagt, daß die Prinzessin kommt? Ich weiß, ich, was kommt. Den lieben langen Winter saß ich allein in meiner Hütte und sah den Rauch vom Herde aufqualmen. Aber jeden Abend war der Rauch voll Zeichen. Er füllte sich vor meinen Augen mit Gestalten, die Schwert und Panzer trugen. Und ich weiß, was es bedeutet, wenn der Rauch voll Krieger ist. Es sind Vorboten von anderen, die in einer dunklen Nacht, wenn wir in tiefem Schlummer liegen, an unsere Häuser herangeschlichen kommen, wir hören sie nicht, wenn sie nahen, denn wir schlafen, aber wir erwachen, wenn der rote Hahn auf dem Dache zu krähen beginnt, wenn wir erstickt werden in unseren raucherfüllten Hütten, wenn die Mannen des norwegischen Königs Siegesgeschrei ausstoßen vor den brennenden Mauern.«

Alle Menschen fühlten Schauer der Furcht, als sie Sigrid Torsdotter hörten, aber der Köhlerjunge stellte sich ihr gerade in den Weg.

»Ich schere mich einen blauen Teufel um eure Rauchwolken,« sagte er. »Ich habe die Prinzessin gesehen. Hold und schön leuchtete ihr Angesicht unter der Krone.«

Per, der Schmied, der für die getäuschten Hoffnungen der armen Menschen fürchtete, warf sich über Rasmus, den Köhlerjungen, und schleifte ihn fort zu der Erdhöhle, wo er seine Schmiede hatte, führte den Knaben dort hinein und wälzte vor den Eingang den großen Stein, der als Türe diente.

Aber Rasmus schrie ohne Unterlaß:

»Ich habe die Prinzessin gesehen, und mich dünkt, ihr solltet euch freuen, daß sie kommt!«

Aber kaum hatte Per, der Schmied, den Köhlerjungen fortgeschafft, als ein Mann, der mehrere Jahre hindurch friedlos im großen Walde umhergewandert war, hinab ins Dorf kam. Er sah aus wie ein wildes Tier, in seinen Fellen und mit seinem langen, ungestutzten Bart, aber er lachte laut vor Freude, wie er da gelaufen kam, und er schwenkte einen grünen Zweig über seinem Haupte als ein Friedenszeichen. Er lief durch das ganze Dorf, blieb bei einem jeden der schwarzen Brandplätze stehen und rief so laut, daß man es bis hinab in die dunklen Keller hörte, wo das Volk wohnte: »Die Prinzessin kommt. Ich habe die Prinzessin gesehen.«

So kam der Friedlose auch zu Folkes, des Landrichters großem Hof, und rief dort ebenso laut wie anderswo. Aber Folke, der Landrichter, der ihn hörte, kam alt und gebückt aus einem Kellergang und rief ihm zu: »Friede sei mit dir, du Friedloser. Du mußt nicht mit Lügen kommen, um uns zu locken, dir zu verzeihen. Ich hebe den Fluch von deinem Haupte. Du sollst nicht in den Wald zurückkehren, wir sind selbst gleich Friedlosen, wir verdammen keinen, geächtet von uns zu gehen.«

»Warum willst du mir nicht glauben?« sagte der Friedlose. »Weißt du nicht, daß König Inge gelobt hat, im Lenz die Friedensjungfrau zu entsenden.«

Als er dieses sagte, sah der Alte ihn mit müden, hoffnungslosen Blicken an. »Nicht weiß ich, daß es Frühling ist, jetzund,« sagte er. »Freund, für uns arme Bauern ist nun Herbst und Frühling eins und dasselbe. Für uns kann der Schnee auf dem Acker liegen bleiben, denn wir werden ihn nicht mit unseren Pflügen furchen. Der Regen mag in den Wolken hängen und der Samen still in der Erde liegen, ohne zu keimen und zu wachsen, wir werden nicht säen noch ernten. Wir sitzen still und harren des Verderbens.«

Aber mittlerweile kamen arme Jäger und Knechte, die ihrem Herrn entlaufen waren, aus dem Walde herab und brachten dem Volke, das sich auf dem dreieckigen Platze versammelt hatte, neue Kunde. Aus vielen Augen begann die Hoffnung zu leuchten, nur das alte Mütterchen Sigrid Torsdotter saß noch trübe und düster da und erzählte von ihren Träumen.

»Wehe dem, der hofft, ehe er die Prinzessin mit eigenen Augen geschaut,« rief sie. »Wenn sie am Waldessaume flimmert auf silberbehuftem Fohlen, wenn die Perlenkrone übers Tal leuchtet, dann ist es Zeit für die Grenzbauern, zu hoffen.«

Kaum hatte sie dies gesagt, als Karin Wullum und Valborg Toot ein »Mutter Gottes, hilf uns!« ausstießen und zum Waldessaum aufsahen, wo der Weg aus dem dichten Walde wie aus einem Kellergewölbe hervorkam.

Und alle begannen durcheinander zu rufen: »Kommt her und seht! – was ist das? Mutter Gottes, hilf uns! – Beschattet eure Augen mit der Hand und blickt zum Walde auf! – Macht das Kreuzeszeichen und seht zum Walde auf!«

»Ist es nicht eine Jungfrau, die dort naht, mit herrlichem Troß? Sehen wir sie alle?«

All die erschreckten und verwilderten Menschen begannen zu rufen und die Hände emporzustrecken.

»Ist dies nicht ein Waldgeist?« schrien sie. »Ist es nicht ein Gaukelspiel der Hölle? Sehen wir alle eine Prinzessin? Sie warfen sich auf die Knie und fingen an, zu beten und fromme Lieder zu singen. Sie eilten hin zum Glockenstuhl und läuteten, um zu prüfen, ob die holde Jungfrau ein Troll war und Glockengeläute fürchtete.

Aber als die alte Sigrid Torsdotter mit ihren weitsichtigen Augen sah, daß eine Jungfrau aus dem dunklen Wald geritten kam, da zögerte sie nicht mehr, sondern war die erste, die rief:

»O du Liebe, du Holde, du Morgensonne und Blume. Du bist keine Waldelfe, du bist eine Königstochter! Danket, lobet den Herrn! O Teure, daß du endlich gekommen bist! Daß du nun hinabreitest in unser Tal!«

Sigrid Torsdotter schwang den Stock hoch über ihrem Haupt, und von allem Volke gefolgt, eilte sie der Prinzessin entgegen.

»Du Liebe, du Holde, du Morgensonne und Blume!« riefen sie alle ihr zu.

Und als sie ihr ganz nahe waren, riefen sie:

»Du Liebe, du Holde, wie leuchtest du herrlich unter der Krone, schlage das Seidentuch zurück. Laß uns dich recht sehen!« Sie drängten sich dicht an den großen schwarzen Traber, der feierlich einherschritt unter seiner Purpurdecke, mit großem wehenden Federbusch am Ohr, die Mähne in Flechten geteilt und mit Goldbändern durchwunden.

»Du Liebe, du Holde!« riefen sie. »Es ist wohl sanft, das große schwarze Pferd. O, Liebe, daß du endlich gekommen bist!«

Wie Margareta Fredkulla[3] geritten kam, folgten ihr viel edle Herren und Frauen aus ihres Vaters Land, aber vor ihrem Pferde ging ein armer Bauer, der eine zerbrochene Lanze in der Hand trug und unablässig rief:

»Hier reitet die schöne Friedensjungfrau. Hier reitet Margareta Fredkulla!« Während ihres ganzen Rittes durch das Grenzland hatte die Prinzessin gesehen, wie Ruhe und Freude sich unter dem Volke ausbreitete, wohin immer sie gekommen war, hatte sie Bauern ge-

---

[3] Fredkulla, zu Deutsch Friedensjungfrau.

sehen, die den Pflug in die Erde senkten, und Hausmütter, die Linnen auf die Bleiche trugen. Hungrige Herden waren auf die Weide geführt worden, die Jugend hatte wieder gewagt, sich mit Armspangen und Ringen zu schmücken. Helme und Schwerter waren in die Waffentruhe geworfen worden.

Wo immer sie vorbeigezogen war, waren Kinder und Frauen ihr mit Blumen und mit zartem Frühlingslaub entgegengeeilt. Und oben im tiefen Walde war der alte wilde Köhler gelaufen gekommen und hatte sie in seine Hütte gebeten und ihr erfrorene Beeren vorgesetzt.

Aber niemals war die schöne Königstochter mit solcher Freude begrüßt worden, wie im Storgårdsdorfe.

Ein paar der Männer nahmen das Pferd am Zügel und begannen es behutsam den steilen Abhang hinabzuführen.

»Gott Segne dich!« riefen sie ihr zu. »Gott segne dein schönes Angesicht! Gott segne dich, Fredkulla!«

Während der Zug sich hinab zum Storgårdsdorfe bewegte, liefen die Bauern neben der Königstochter einher und erzählten ihr keuchend, wie sie geharrt und gelitten. Sie sagten ihr alles, was sie während des langen Unfriedens ausgestanden. Als sie endlich hinab auf den dreieckigen Platz gekommen waren, nahm Fredkulla die Zügel an sich und hielt den stattlichen Traber an. Sie hatte nie zuvor so viel Elend gesehen. Sie sah auf die Brandplätze und die geplünderten Häuser, und sie sah auf die armen Menschen. Und ihre Augen füllten sich mit Tränen.

Aber da küßten die Bauersfrauen ihre Hände und riefen ihr zu, nun wären sie nicht mehr betrübt, da sie gekommen war. Nun hatten sie die Friedensjungfrau in ihrer Mitte, nun waren ihre Leiden vorüber. »Denke nicht an uns, o Fredkulla,« sagten sie, »weine nicht über unser Elend. Denke an König Magnus, den herrlichen Helden, dem du angehören sollst. Lächle ihm in Huld. Streichle in Gedanken sein langes helles, seidenblasses Haar.«

Und da sie noch immer still auf dem Pferde saß und weinte, fingen sie alle an, sie zu trösten.

»Jetzt ist es nicht Zeit, zu weinen, Jungfrau,« riefen sie. »siehst du, hier liegt der Alf, und am andern Ufer ist Norwegen, da ist das schiffreiche Kungahälla, wo dein Bräutigam deiner harrt. Gott segne dich! Er freut sich wohl der stunde, wo er dich in seine Arme schließen darf.«

»Sieh, Jungfrau, nun weiß man es schon längs der Ülfgestade, daß du gekommen bist. Sieh' die Freudenfeuer, die auf allen Hügeln aufstammen! Sieh das Volk hinab zum Ülf strömen! Und höre, dort drüben rufen sie schon: ›Fredkulla, heil!‹ Du kannst die Worte hören, sie werden deutlich über das Wasser getragen.«

Aber Fredkulla ließ sich nicht trösten, sondern hielt noch immer betrübt das Pferd an und ließ ihre Blicke von dem einen zum andern wandern. Sie sah sie krank und zerlumpt. Sie sah sie verwildert, so daß sie nicht mehr gleich Menschen waren.

Da erhob sie die Hand zum Zeichen, daß sie sprechen wollte, und es wurde still rings um sie.

Dann sprach Margarete Fredkulla auf dem Platze des niedergebrannten Storgårddorfes, und all die armen Menschen hörten sie, und ebenso hörten sie die hohen Herren und Frauen, die in ihrem Gefolge ritten. »Ich will, daß ihr alle es im Sinn behaltet, was ich nun gelobe, bei Gott und allen Heiligen, solange ich Worte auf meiner Zunge, solange ich Blut in meinem Herzen habe, solange will ich das Werk des Friedens wirken.«

Hier verstummte sie, als begriffe sie, daß in dem, was sie versprochen, eine Gefahr lag, und dann fügte sie hinzu: »Und sollte es mich auch Glück und Leben kosten.«

Als die Königstochter dieses Gelöbnis abgelegt hatte, blickte sie mit freudigem Mute auf und weinte nicht mehr. Sie trieb das Pferd auf dem Weglein vorwärts, das hinab zur Flußfähre führte.

Aber da saß am grünen Wegesrand ein kleiner Hirtenbube. Der war so froh wie nur irgend einer, und er wollte der Prinzessin das Beste geben, was er hatte. So fing er an, ihr ein kleines Liebesliedlein vorzusingen, von einem König hoch oben im Norden, der sich nach der Kaiserstochter im Morgenlande sehnte.

Und wieder saß Fredkulla stille auf dem Pferde und horchte dem Knaben, der mit hoher und klarer Stimme sang:

Eine gibt es, die mich bindet,
Tag und Nacht an sie zu denken.
Und sie wird doch nimmer, nimmer
Mir ihr Herz in Liebe schenken.
Die holde Maid im Osten
Hat kriegerischen Mut;
Matilda, Kaiserstochter,
Dir weih' ich Gut und Blut.

Nichts köstlicher auf Erden
Als stolz-vielliebe Fraue.
Ach, nun folgt mir mein Sehnen
Wohl über Feld und Aue.
Vom Thing die Sorge reitet
still neben mir zu Pferde,
Die sorge, daß ich niemals
Der Schönen Liebster werde.

So lautete die Weise, und als die Königstochter sie zu Ende gehört hatte, lächelte sie dem Knaben zu und fragte, wer sie gedichtet hätte.

Und da ist keiner, der es vermag, den Hirtenknaben zu hindern, und er antwortet auf die Frage, stolz darauf, Bescheid zu wissen:

»Es ist König Magnus, der das Lied gedichtet hat, in Gedanken an Matilda, des Kaisers Tochter.« Ach, welche Betrübnis ergreift da die liebliche Fredkulla.

»Hat König Magnus die Weise gedichtet!« ruft sie. »Was soll ich dann bei ihm, der sich in Liebessehnsucht nach der Kaisertochter des Morgenlandes verzehrt? Für mich hat er keine Weisen gedichtet, die von Mund zu Mund gehen, wohl übers ganze Land. Zu mir trägt er keine Liebe im Herzen.«

Und in großer Bestürzung vernahmen die armen Bauern, wie die Jungfrau ihr Gefolge rief.

»O, liebe Herren und gute Frauen, geleitet mich wieder heim! Habt Erbarmen mit mir, ihr meines Vaters gute Diener! Laßt mich nicht zu König Magnus ziehen. Hörtet ihr nicht das Lied? Nicht nach mir schmachtet er, dieser Mann. Er sehnt sich nach einer schönen Kaisertochter.« Als Fredkulla dies sagte, hörte sie, wie die Volksschar, die den Weg entlang stand und wartete, laut rief: ›Fredkulla, Heil!‹Und von all den Tausenden, die aus dem großen Kungahälla strömten, um sie zu empfangen, ertönte es in vielstimmigem Wiederhall: ›Fredkulla, Heil!‹

Aber die Jungfrau fuhr fort, zu klagen und zu bitten.

»Liebe, gute Herren und edle Frauen, führet mich heim! Hörtet ihr nicht das Liedchen? Wir begehen eine Sünde gegen den König. Ich will mir den Namen einer Königin nicht erzwingen. Ich will nur heim.«

Und immer riefen die, die in der Ferne entlang der Ülfgestade standen: ›Fredkulla, Fredkulla!‹

Da hielt Fredkulla sich die Hände vor die Ohren. Sie hatte schon das Pferd gewendet und es mit lauten Zurufen vorwärts getrieben. »Ach, daß das Volk doch schwiege,« sagte sie. »Fredkulla rufen sie, aber es wird wohl auch Friede, wenn ich gleich nicht komme. König Magnus beginnt keinen Krieg um meinetwillen. Es bringt ihm nur Freude, wenn ich wieder heimkehre.«

Noch immer, noch immer fuhren die, die am Wegessaume standen und warteten, fort, ihr ›Fredkulla‹zu rufen. Aber die, welche nahe standen, fingen an zu fragen und sich zu verwundern: »Wohin reitet sie? Wohin reitet sie?«

Und als sie sahen, daß sie hinauf zum Walde reiten wollte, da stürmten sie ihr nach.

»Höre, Königstochter, was diese alte Frau sagt,« riefen sie.

»Mein Kopf ist schwank unter der Last der Jahre,« sagte sie, »soll mir nun der Krieg meinen Sohn rauben?«

»Nun, Königstochter,« schrien sie, »nun werden alle Türen im ganzen Tal ins Schloß fallen. Nun werden die Waffentruhen geöffnet! Der Bauer wird die Pflugschar aus der Erde reißen, was meinst du damit, daß du die Hände vor die Ohren hältst? Du mußt hören, hören, hören!«

»Fredkulla,« riefen sie, während sie hinter ihr her jagten. »Du trägst deinen Namen vergebens. Fredkulla, wir wagen nicht, Samen in die Erde zu streuen! Fredkulla, unsere Tochter wird dieses Jahr nicht Hochzeit feiern! Fredkulla, wenn unsere Gehöfte niedergebrannt sind, werden unsere alten Frauen einen Schandpfahl aufrichten auf dem schwarzen Grunde, und darauf werden sie deinen Namen eingraben, Fredkulla, Fredkulla!«

Der ganze Haufe aus dem Storgårdsdorfe war hinter ihr her. Sie brüllten rings um sie, all die unglücklichen Menschen.

»Fredkulla, denke an uns, wenn wir fallen! Wenn uns unsere Herden geraubt werden, denk' an uns! Wenn wir unsere Blutsverwandten rächen, denke an uns. Wenn wir wilde Taten ausüben, denke an uns! Denke an uns, sowie wir immer an dich denken werden!«

»Du darfst nicht heimwärts reiten, Jungfrau. Du darfst nicht von uns reiten. Was hast du eben erst geschworen, du Meineidige! Hörst du, was das Volk dir vom anderen Ülfgestade zuruft?«

Und das Volk aus dem Storgårdsdorfe umringte Fredkulla und warf sich vor ihr auf den Weg.

»Über unsere Leiber, Jungfrau, kannst du heimreiten!« riefen sie.

Aber einige küßten die Hände der Jungfrau und baten leise und herzinniglich »O, bleibe, reite nicht von uns fort!«

Sie sah, daß sie ihr nichts zuleide tun wollten. Aber das arme, elende, kriegsmüde Volk wußte sich keinen Rat. Einige griffen nach den Zügeln des Pferdes, um es umzuwenden.

Da hielt Fredkulla ihr Pferd an, obgleich sie wohl wußte, daß sie unversehrt nach Hause reiten konnte, denn wenn auch einige wilde Männer aus dem Walde da waren, und einige friedlose, denen sie Verzeihung versprochen, und die nun drohend die Messer gegen sie zückten, so küßten sie doch gleichzeitig den Saum ihres Gewandes. Sie ließ die Reitgerte mitten in die Schar sausen und rief: »Hinweg, hinweg!« Und als die Bauern das sahen, wichen sie von ihr zurück und standen da, von Verzweiflung gelähmt. Sie sahen, daß eine solche Angst auf ihr lastete, daß sie es nicht wagten, ihre Barmherzigkeit zu verlangen. »Dein Wille geschehe, o Jungfrau!« riefen sie, »dein Weg ist frei.« Fredkulla saß regungslos, und ihre Blicke glitten sehnsuchtsvoll zu den bewaldeten Hügeln in der Ferne. Hinter denen lag die Heimat, in die sie fliehen wollte, so wie ein verwundetes Tier in seine Höhle flieht. Eine lange Weile blieb sie so sitzen und starrte aus Augen, die so heiß waren, daß jegliche Träne in ihnen vertrocknete.

Dann wandte die Königstochter ganz still ihr Pferd und ritt wieder hinab ins Tal.

Sie kehrte um, allein, nicht gezwungen, aus Liebe zu dem großen schönen Frieden.

Wieder ging es hinab ins Tal, aber nicht rasch und munter, nur Schritt für Schritt.

Sachte ritt Fredkulla den Waldabhang hinab zum Storgårdsdorf, vorbei an den Brandstätten hinunter zum Ülf und zur Fähre.

Das Volk schlich stumm hinter ihr her und flüsterte und sagte, man sollte die Jungfrau ungestört lassen, niemand sollte es wagen, ihre Tat zu preisen.

Als Fredkulla in dem großen Nachen über den Ülf fahren sollte, da stieg sie vom Pferde und blieb stehen und blickte ins Wasser hinab. Und sie begann stille zu sich selbst zu sprechen.

»Siehst du hier dieses große Wasser,« sagte sie, »das unerbittlich hinab zum Meere geführt wird? Die weichen Wogen, sie dürfen nicht zögern, sich in die Umarmung des Starken zu werfen, wenn es auch bitter und furchtbar scheint. Wenn die Welle auch eine kleine friedliche schilfumkränzte Bucht findet auf ihrem Wege, nie darf sie dort weilen. Und wenn sie zurückkehren wollte zu dem friedlichen Quell im tiefen Versteck des Waldes, sie kann es nicht. Sie muß vorwärts, immer, unerbittlich vorwärts. Siehst du, also ist die Bestimmung. Du mußt die sanfte Welle sein, die in den Unfrieden der Welt gegossen werden soll.

Aber mittlerweile reiten ein paar stolze Rittersleute von Kungahälla aus und nähern sich der Fähre.

Möge nun die Jungfrau den Blick vom Boden erheben! Möge sie König Magnus schauen! Auf dem Helm ruht der goldene Löwe, der sein Merkzeichen ist, es flattert von dem Banner über seinem Haupte, es leuchtet von seinen rotseidenen Gewändern. Möge sie ihn sehen, er selbst ist des Nordens Löwe! Sehen, wie das lange, seidenblasse Haar um die Schultern flattert, seine stolze Haltung sehen, den Kriegerblick in seinen Augen.

Nun kommt er. Eine Staubwolke fliegt vor ihm auf. Er kommt. Sein schwarzer Schatten reitet im Abendsonnenschein weit über das Feld, und die Erde bebt unter dem Ritte. Schlage die Augen auf, Jungfrau, und lächle dem Bräutigam zu! Denke nicht mehr, daß du dich lieber unter diese raschen Hufe, die dir entgegenkommen, werfen wolltest, um dem Tode zu begegnen.

Die Königin auf der Ragnhildsinsel

Es war einmal ein König, der von Osten den Nordre Ülf entlang geritten kam, um hinab nach Kungahälla zu ziehen. Das Jahr neigte sich seinem Ende zu. Die Luft war schwer und der Himmel grau, so wie es um diese Zeit oft ist.

Der Pfad, über den der König ritt, schlängelte sich über hügelige Strandwiesen. Hier und dort guckten Erlengebüsche aus den Riedgrashügeln hervor, und längs des Weges hatten sie sich so gehäuft, als wären sie neugierig, den zu sehen, der vorüberritt. Sie drängten sich sogar hinaus über den Weg, so daß es dem König schwer wurde, sein Pferd zwischen ihnen durchzuführen.

Die Jahreszeit war so vorgerückt, daß alles entlaubt war und alles Leben aufgehört hatte in Wiese und Wald. Auf dem Boden lagen die Sommerblätter blaß und verwelkt, und von dem langen Herbstregen waren sie zu einer fahlen Decke zusammengedrückt worden, unter der zahllose Spinnen und Erdschnecken im Winterschlaf lagen.

Grau und neblig war es ringsumher, und der König dachte: »Das ist just kein schöner Weg für einen König, um darauf zu reiten.« Aber gerade empor von dem sumpfigen Strandweg, fast dicht am Wegesrande, erhob sich der schöne Fontinsberg.

Ganz unten am Fuße ward er von einem Rande klargelben Sandes umgürtet, dann erhob sich lotrecht ein Stück nackte Bergwand, hierauf lief eine Reihe blaugrüner Fichten um einen schmalen Vorsprung. Höher hinauf kam zersplittertes Gestein, von kleinen blinkenden Rinnen übersät, dann eine Reihe Birken mit weißen Stämmen und rotbraunem Geäst, dann wieder ein Sandrand. Aber oberhalb des Sandes erhob sich ein Berg mit mächtigen, nackten, grauroten Felsenwänden bis hinauf zu dem tiefgrünen Tannenwald, der dicht und kräftig oben auf der flachen Bergeshöhe wuchs. – Aber der König hatte keine Freude daran, dem schönen Berg so nahe zu sein, denn Nebelzipfel strichen über die Bergwand, und Wolkenzapfen hingen über sie hinab, und aus allen Klüften und Gehölzen stieg grauer Regenrauch auf. Und so kam es, daß der vielfarbige Fontinberg den König ebenso grau dünkte wie alles andere.

Der König seufzte tief und schwer, indes er durch die Erlenbüsche ritt, die auf ihn und sein Pferd einen ganzen Regen von großen Tropfen schüttelten.

Mit einem Male wurde ihm so betrübt zu Mute, wie er da ritt, daß er kaum je solchen Kummer gefühlt. »So ergeht es mir immer,« dachte er, »alles ist grau und regnerisch, wohin ich auch komme. Segle ich auf dem Meere, so steigt der Nebel auf, so daß ich die Hand vor dem Auge nicht sehe, und reite ich eines Nachts aus, so hüllt der Mond sich in die schwärzesten Wolken, um mir nicht leuchten zu müssen.«

»Ich glaube, selbst wenn ich zum Himmel führe,« sagte der König, »würden alle Sterne erloschen sein, bis ich hinkomme.«

»So ist es mit allem, was ich unternehme,« rief er aus und ballte die Faust, wie er so ritt. »Anderen Königen wurde Pracht und Ehre und Ruhm und Glanz, aber ich bin ein richtiger König Nebelwetter. Ich habe nur an Aufruhr zu denken, und ein großer Teil des Landes verweigert mir den Gehorsam. Da ging es den alten Königen anders, die saßen in Upsala und regierten das ganze Reich. Denen konnte es freilich gefallen, König zu sein.«

»Gott hat es wohl bestimmt, daß es mir allezeit so ergehen soll,« sagte er bei sich selbst.

Aber gleichzeitig kämpfte er dagegen an und wollte es nicht glauben. Er hielt das Pferd an und horchte auf Vogelgezwitscher. Das wäre ihm ein Zeichen gewesen, daß er sich täuschte.

Aber der Himmel war glattgrau, und der Berg stand in Nebel gehüllt, und alle Vögel waren von dannen gezogen. Der einzige Laut, den man in der sumpfigen Gegend hörte, war der leichte Klang von Wassertropfen, die so weit auf den Erlenzweigen vorgerollt waren, daß sie sich nicht länger zurückhalten konnten, sondern zu Boden fielen.

Und das Haupt des Königs sank immer tiefer.

»Ich möchte etwas sehen, das brennend rot ist,« sagte er. »Etwas Rabenschwarzes wollte ich sehen, das Goldglanz in der Tiefe hat, ich möchte klaren Gesang und klingendes Lachen hören.«

Wieder sah er sich um, aber alles war unverändert, und er merkte, daß selbst der sonst so glitzernde Fluß dunkel wie die Nacht zwischen den Schilfgestaden dahinfloß.

Da wurde er so niedergeschlagen, daß alles, was er sein Eigen nannte, ihn häßlich und wertlos dünkte. Er dachte an seinen schönerbauten Königshof so, als wäre er eine elende Köhlerhütte. All seine Siege verwandelten sich in Niederlagen, und all seine Untertanen schienen ihm schmähliche Schurken oder arme Bettler.

»Aber gegen all das ließe sich noch ankämpfen,« dachte er, »wenn ich nicht meine Königin hätte. Das ist das Härteste von allem. Es ist doch ohnehin schon schwer genug zu leben, ohne daß ich noch damit gequält werde, an eine Frau zu denken. Die Sorge, die ich für das Reich trage, ist so groß, daß sie mir keine ruhige Stunde läßt. Und doch verlangen die Menschen von mir, daß ich mir eine neue Last aufbürde.«

Denn es verhielt sich so, daß der König mit einer norwegischen Königstochter vermählt war, und es war eine reiche und mächtige Prinzessin, die seine Königin hieß, aber das Unglück wollte es, daß man sie dem König schon angetraut hatte, als sie noch ein Kind war.

Man hatte das so einrichten müssen, damit kein anderer kam und sie wegschnappte, aber nun dünkte es den König, daß er viel lieber ihrer verlustig gegangen wäre.

Schon seit dem Hochzeitstage hauste die Königin auf einer kleinen felsigen Insel, die im Nordre Ülf gerade gegenüber von Kungahälla lag und Ragnhildsinsel genannt wurde. Dort hatte man einen Turm aus Stein gebaut, damit sie wohlbehütet dort aufwuchs, bis sie so alt wurde, daß ihr Gatte sie an seinen Hof führen konnte. Aber der König hatte all die Zeit über daheim in seinem Reich gesessen, und sie hatten sich gar nicht getroffen. Und obgleich der König wohl wußte, daß die Königin herangewachsen war, und obgleich viele ihn daran erinnerten, daß er sie nun heimführen sollte, konnte er sich doch kein Herz fassen, sie an seinen Hof zu bringen.

Er schützte schwere Zeiten und er schützte Aufruhr vor, und Jahr um Jahr ließ er die Königin in dem grauen Turme mit ein paar alten

Frauen, die ihr aufwarteten, und sie bekam nichts anderes zu sehen als den grauen Fluß.

Nun war er endlich auf dem Wege, um die Königin zu holen. Aber während er so an sie dachte, war ein solcher Mißmut über ihn gekommen, daß er sich von seinem Gefolge getrennt hatte, um allein zu reiten und ungestört gegen seinen Kummer ankämpfen zu können.

Er kam nun aus den Erlen heraus und ritt über eine weite Wiese. Wenn Sommer gewesen wäre, hätte er hier große Herden von Kühen und Schafen gesehen, aber nun war es gänzlich öde, nichts anderes zu erblicken, als aufgewühlter Boden und abgeweidete Grashügelchen. Und der König gab seinem Pferde die Sporen und ritt, so rasch er konnte, über die Wiese, um nicht noch mißmutiger zu werden, als er schon war.

Er war ein tapferer Mann, und hätte die Königstochter in einem verzauberten Schlosse gefangen gesessen, von Riesen und Drachen bewacht, er wäre spornstreichs geritten gekommen, um sie zu befreien, aber nun wollte es das Unglück, daß sie wohlverwahrt in ihrem Turm saß und auf ihn wartete, und daß niemand auf der ganzen weiten Welt sie ihm streitig machte.

Er bereute es bitter, daß er sich schon mit ihr vermählt hatte.

»Alles, was groß und stolz und schön ist, das bleibt mir verweigert,« sagte er. »Nicht einmal das ist mir beschieden, mir mein Weib erkämpfen zu können.«

Und er ritt immer langsamer und langsamer, denn nun lief der Weg einen steilen Hügel hinan, und unterhalb desselben fing die lange Straße von Kungahälla an.

Aber von der Spitze des Hügels sah der König deutlich die kleine Ragnhildsinsel vor sich, wo seine Königin saß und auf ihn wartete.

Er sah, wie düster sie mitten in dem schwarzen Ülf lag, er sah die grauen Torfwälle über den fahlen Erdboden laufen, er sah die grauen Steinwände des Turmes. Alles dünkte ihn unheimlich und abschreckend.

Da war kein Heidekrauthügelchen, das ihm entgegenglühte, kein grünes Hälmchen leuchtete auf der Weide. Der Herbst hatte alles mit Stumpf und Stiel ausgerottet, als er über Land gezogen.

Aber wonach der König sich sehnte, das war blitzendes Rot, ein scharfes Schwarz, das in Gold spielt, und er glaubte zu sehen, daß hier nicht der rechte Platz war, um das zu finden. Je länger er den Turm ansah, desto klarer wurde es ihm, daß er aus dem Felsen selbst hervorgewachsen sein mußte. Es schien ihm unmöglich, daß er auf gewöhnliche Weise von Menschen errichtet sein sollte. Der Berg selbst war es, der einmal hatte wachsen wollen, sowie die Erde zu Wald und Gras wächst, und so war der Turm entstanden. Und er begriff, wie er so schwer und grauenvoll und bedrückend geworden.

Wie er nun an seine Königin dachte, die dort aufgewachsen war, schien es ihm, daß sie einem grob behauenen Steinbild gleichen müsse, wie er es über dem Eingangstore einer Kirche gesehen. Er dachte sie sich nicht anders als eine graue Gestalt mit langem unbeweglichen Gesicht und plattem Körper und mit Händen und Füßen, die zweimal länger und breiter waren, als die irgend eines Menschen noch je gewesen.

»Aber das ist mein Schicksal,« dachte der König und ritt weiter. Und er kam der Fähre so nahe, daß der Wächter auf der andern Seite das Horn zu den Lippen hob, um seine Ankunft zu verkünden, und die Zugbrücke aufgezogen wurde und das Tor des festen Turmes für ihn aufglitt.

Aber da erhob der König das Haupt und hielt das Pferd an. »Ich bin ja doch noch König,« sagte er, »und kein Mensch kann mich zwingen, das zu tun, was ich nicht will. Niemand auf der ganzen Welt kann mich bewegen, diesem Steinbilde zu begegnen. Ich muß doch wohl irgend etwas davon haben, daß ich ein König bin.«

Damit drehte er sein Pferd herum und ritt denselben Weg zurück, den er gekommen. Er ritt in stürmender Eile, gleichsam als hätte er Angst, gefangen zu werden, und er verlangsamte den Trab seines Pferdes nicht eher, als bis er in das Erlengebüsch auf den Strandwiesen unter dem Fontinsberge gekommen war.

Und die Königin mußte weiter in dem Turm sitzen und trauern und sich sehnen, und sie hatte zarte Wangen, und brennende rote Lippen, sie hatte wallendes, rabenschwarzes Haar, golddurchsponnen, sie hatte eine Stimme klar wie Gesang und ein klingendes Lachen.

Aber was half das dem König? Er ritt fort, über den schmalen Weg zwischen den Erlen.

Über tredition

Eigenes Buch veröffentlichen

tredition wurde 2006 in Hamburg gegründet und hat seither mehrere tausend Buchtitel veröffentlicht. Autoren veröffentlichen in wenigen leichten Schritten gedruckte Bücher, e-Books und audio-Books. tredition hat das Ziel, die beste und fairste Veröffentlichungsmöglichkeit für Autoren zu bieten.

tredition wurde mit der Erkenntnis gegründet, dass nur etwa jedes 200. bei Verlagen eingereichte Manuskript veröffentlicht wird. Dabei hat jedes Buch seinen Markt, also seine Leser. tredition sorgt dafür, dass für jedes Buch die Leserschaft auch erreicht wird.

Im einzigartigen Literatur-Netzwerk von tredition bieten zahlreiche Literatur-Partner (das sind Lektoren, Übersetzer, Hörbuchsprecher und Illustratoren) ihre Dienstleistung an, um Manuskripte zu verbessern oder die Vielfalt zu erhöhen. Autoren vereinbaren direkt mit den Literatur-Partnern die Konditionen ihrer Zusammenarbeit und partizipieren gemeinsam am Erfolg des Buches.

Das gesamte Verlagsprogramm von tredition ist bei allen stationären Buchhandlungen und Online-Buchhändlern wie z. B. Amazon erhältlich. e-Books stehen bei den führenden Online-Portalen (z. B. iBookstore von Apple oder Kindle von Amazon) zum Verkauf.

Einfach leicht ein Buch veröffentlichen: **www.tredition.de**

Eigene Buchreihe oder eigenen Verlag gründen

Seit 2009 bietet tredition sein Verlagskonzept auch als sogenanntes "White-Label" an. Das bedeutet, dass andere Unternehmen, Institutionen und Personen risikofrei und unkompliziert selbst zum Herausgeber von Büchern und Buchreihen unter eigener Marke werden können. tredition übernimmt dabei das komplette Herstellungs- und Distributionsrisiko.

Zahlreiche Zeitschriften-, Zeitungs- und Buchverlage, Universitäten, Forschungseinrichtungen u.v.m. nutzen diese Dienstleistung von tredition, um unter eigener Marke ohne Risiko Bücher zu verlegen.

Alle Informationen im Internet: **www.tredition.de/fuer-verlage**

tredition wurde mit mehreren Innovationspreisen ausgezeichnet, u. a. mit dem Webfuture Award und dem Innovationspreis der Buch Digitale.

tredition ist Mitglied im Börsenverein des Deutschen Buchhandels.

Dieses Werk elektronisch lesen

Dieses Werk ist Teil der Gutenberg-DE Edition DVD. Diese enthält das komplette Archiv des Projekt Gutenberg-DE. Die DVD ist im Internet erhältlich auf **http://gutenbergshop.abc.de**

Zeitfracht Medien GmbH
Ferdinand-Jühlke-Straße 7
99095 Erfurt, Deutschland
produktsicherheit@kolibri360.de